日记背后的历史

路易十四的宫廷
安吉丽科的日记（1684-1685年）

〔法〕多米尼克·若利 著 周春悦 译

人民文学出版社
PEOPLE'S LITERATURE PUBLISHING HOUSE

著作权合同登记号　图字 01-2016-3668

À La Cour de Louis XIV
© Gallimard Jeunesse，2008

图书在版编目(CIP)数据

路易十四的宫廷：安吉丽科的日记 /（法）若利著；周春悦译. —北京：人民文学出版社，2016
（日记背后的历史）
ISBN 978-7-02-011640-9

Ⅰ.①路…　Ⅱ.①若…　②周…　Ⅲ.①儿童文学-中篇小说-法国-现代　Ⅳ.①I565.84

中国版本图书馆 CIP 数据核字(2016)第 095789 号

责任编辑：甘　慧　尚　飞
装帧设计：李　佳

出版发行　人民文学出版社
社　　址　北京市朝内大街 166 号
邮政编码　100705
网　　址　http://www.rw-cn.com

印　　刷　山东德州新华印务有限责任公司
经　　销　全国新华书店等

开　　本　850 毫米×1168 毫米　1/32
印　　张　5.75
字　　数　81 千字
版　　次　2016 年 6 月北京第 1 版
印　　次　2016 年 6 月第 1 次印刷

书　　号　978-7-02-011640-9
定　　价　20.00 元

如有印装质量问题，请与本社图书销售中心调换。电话：010 - 65233595

序

老少咸宜，多多益善
——读《日记背后的历史》丛书有感

钱理群

这是一套"童书"；但在我的感觉里，这又不止是童书，因为我这七十多岁的老爷爷就读得津津有味，不亦乐乎。这两天我在读"丛书"中的两本《王室的逃亡》和《米内迈斯，法老的探险家》时，就有一种既熟悉又陌生的奇异感觉。作品所写的法国大革命，是我在中学、大学读书时就知道的，埃及的法老也是早有耳闻；但这一次阅读却由抽象空洞的"知识"变成了似乎是亲历的具体"感受"：我仿佛和法国的外省女孩露易丝一起挤在巴黎小酒店里，听那些平日谁也不注意的老爹、小伙、姑娘慷慨激昂地议论国事,"眼里闪着奇怪的光芒",举杯高喊:"现在的国王不能再随心所欲地把人关进大牢里去了,这个时代结束了!"齐声狂歌:"啊,一切都会好的,会好的,会好的……"我的心都要跳出来了!我又突然置身于3500年前的神奇的"彭特之地",和出身平民的法老的伴侣、十岁男孩米内迈斯一块儿,突然遭遇珍禽怪兽,紧张得屏住了呼吸……这样的似真似假的生命体验实在太棒了!本来,自由穿越时间隧道,和远古、异域的人神交,这是人的天然本性,是不受年龄限制的;这套童书充分满足了人性的这一精神欲求,就做到了老少咸宜。在我看来,这就是其魅力所在。

而且它还提供了一种阅读方式:建议家长——爷爷、奶奶、爸爸、妈妈们,自己先读书,读出意思、味道,再和孩子一起阅读,交流。这样的两代人、三代人的"共读",不仅是引导孩子读书的最佳途径,而且还营造了全家人围绕书进行心灵对话的最好环境和氛围。这样的共读,长期坚持下来,成为习惯,变成家庭生活方式,就自然形成了"精神家园"。这对孩子的健全成长，以至家长自身的精神健康，家庭的和睦，都是至关重要的。——这或许是出版这一套及其他类似的童书的更深层次的意义所在。

我也就由此想到了与童书的写作、翻译和出版相关的一些问题。

所谓"童书"，顾名思义，就是给儿童阅读的书。这里，就有两个问题：一是如何认识"儿童"，二是我们需要怎样的"童书"。

首先要自问：我们真的懂得儿童了吗？这是近一百年前"五四"那一代人鲁迅、周作人他们就提出过的问题。他们批评成年人不是把孩子看成是"缩小的成人"(鲁迅：《我们现在怎样做父亲》)，就是视之为"小猫、小狗"，不承认"儿童在生理上心理上，虽然和大人有点不同，但他仍是完全的个人，有他自己的内外两面的生活。儿童期的十几年的生活，一面固然是成人生活的预备，但一面也自有独立的意义和价值"(周作人：《儿童的文学》)。

正因为不认识、不承认儿童作为"完全的个人"的生理、心理上的"独立性"，我们在儿童教育，包括童书的编写上，就经常犯两个错误：一是把成年人的思想、阅读习惯强加于儿童，完全不顾他们的精神需求与接受能力，进行成年人的说教；二是无视儿童精神需求的丰富性与向上性，低估儿童的智力水平，一味"装小"，卖弄"幼稚"。这样的或拔高，或矮化，都会倒了孩子阅读的胃口，这就是许多孩子不爱上学，不喜欢读所谓"童书"的重要原因：在孩子们看来，这都是"大人们的童书"，与他们无关，是自己不需要、无兴趣的。

那么，我们是不是又可以"一切以儿童的兴趣"为转移呢？这里，也有两个问题。一是把儿童的兴趣看得过分狭窄，在一些老师和童书的作者、出版者眼里，儿童就是喜欢童话，魔幻小说，把童书限制在几种文类、有数题材上，结果是作茧自缚。其二，我们不能把对儿童独立性的尊重简单地变成"儿童中心主义"，而忽视了成年人的"引导"作用，放弃"教育"的责任——当然，这样的教育和引导，又必须从儿童自身的特点出发，尊重与发挥儿童的自主性。就以这一套讲述历史文化的丛书《日记背后的历史》而言，尽管如前所说，它从根本上是符合人性本身的精神需求的，但这样的需求，在儿童那里，却未必是自发的兴趣，而必须有引导。历史教育应该是孩子们的素质教育不可缺失的部分，我们需要这样的让孩子走近历史、开阔视野的人文历史知识方面的读物。而这套书编写的最大特点，是通过一个个少年的日记让小读者亲历一个历史事件发生的前后，引导小读者进入历史名人的生活——如《王室的逃亡》里的法国大革命和路易十六国王、王后；《米内迈斯：法老的探险家》里的彭特之地的探险和国王图特摩斯，连小主人翁米内迈斯也是实有的历史人物。每本书讲述的都是"日记背后的历史"，日记和故事是虚构的，但故事发生的历史背景和史实细节却是真实的，这样的文学与历史的结合，故事真实感与历史真实性的结合，是极有创造性的。它巧妙地将引导孩子进入历史的教育目的与孩子的兴趣、可接受性结合起来，儿童读者自会通过这样的讲述世界历史的文学故事，从小就获得一种历史感和世界视野，这就为孩子一生的成长奠定了一个坚实、阔大的基础，在全球化的时代，这是一个人的不可或缺的精神素质，其意义与影响是深远的。我们如果因为这样的教育似乎与应试无关，而加以忽略，那将是短见的。

  这又涉及一个问题：我们需要怎样的童书？前不久读到儿童文学评论家刘绪源先生的一篇文章，他提出要将"商业童书"与"儿童文学中的顶尖艺术品"作一个区分（《中国童书真的"大胜"了吗？》，载2013年12月13日《文汇读书周报》），这是有道理的。或许还有一种"应试童书"。这里不准备对这三类童书作价值评价，但可以肯定的是，在中国当下社会与教育体制下，它们都有存在的必要，也就是说，如同整个社会文化应该是多元的，童书同样应该是多元的，以满足儿童与社会的多样需求。但我想要强调的是，鉴于许多人都把应试童书和商业童书看作是童书的全部，今天提出艺术品童书的意义，为其呼吁与鼓吹，是必要与及时的。这背后是有一个理念的：一切要着眼于孩子一生的长远、全面、健康的发展。

  因此，我要说，《日记背后的历史》这样的历史文化丛书，多多益善！

2013年2月15—16日

凡尔赛，1684年10月11日，星期三

今天早上起床的时候，一股无法抑制的冲动促使我拿起笔把我可怜的小脑袋所装的一切都写下来。大铜钟刚刚已经敲了十一下，而我还伏在写字台上不停地写啊写。我无法控制自己，怎么也停不下来！我奋笔疾书，手腕都酸了。不过没关系！我喜欢听到笔头的沙沙声。这能让我平静，思绪更加清醒。

昨天，我来到了"这个地方"，即凡尔赛城堡，与我们的国王路易十四为邻。

午后，当我们的马车驶上军队广场的车道时，我的教母搂住我，轻轻地在我耳边低语道："我们到了，我的小安吉丽科……"

小安吉丽科？她还不如叫我小小安吉丽科呢，因为我躲在马车最里面的角落里，蜷缩成一团，羞怯得

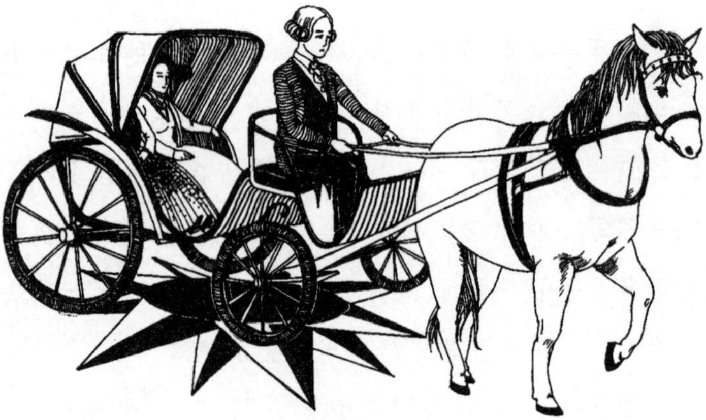

要命。马车全速前进，前方的世界像梦一般一点点在我眼前呈现出来。在秋日的暖阳下，一幢幢宏伟的建筑被涂上了金色的光彩，广阔的屋顶反射出深蓝色的光，还有那无边无际的围栏。这一切看起来是那样美丽，那样壮观！

就在这一瞬间，我突然回忆起来之前那几个难忘的时刻。与我最亲爱的女仆玛歌特的告别，一双双噙满泪水的眼睛，以及与我的爱狗朋朋最后的亲吻，伤心哭泣之后，我还是下狠心离开了它。然而最难忘的时刻却是几个礼拜之前，当教母要我随她进入王宫时，那严肃的脸庞和凝重的神情。

"我有话对您讲，您必须认真听好。"

我平时难道不认真吗？一向和蔼可亲的教母中了什么邪？

"德·拉索尔斯小姐曾用她的热忱和智慧教导了您，是时候完善这种教育了。"她的语气依然严峻，"您知道的，我的家庭，圣·马可家族与奥尔良家族世代交好，他们是王室家族里一支年轻的宗脉。也正是由于他们的恩典，我才能在宫廷中拥有令人羡慕的地位……"

我的耐心受到了巨大的挑战。我如坐针毡,拨弄着袖子上的花边,双腿一会儿交叉,一会儿又分开……她究竟要说什么啊?

"不久之前,我被无比荣幸地引见至夫人身旁,她是当今国王的弟妹,我与她一见如故……"

她语速很慢,好像一点都不着急,可是我,已经不耐烦到极点了!

"……尽管她每天都被一群为了谋取私利而求她出面做主的人弄得晕头转向,但她对我却是异常尊重和友善。从10月份开始,安吉丽科,你将会作为她的女官跟随她。你还会接受宫中的淑女教育,为日后晋升至王族的生活打下基础。"

我的血液凝固了。脸颊由于惊喜和兴奋而发紫发烫。我想都没想就冲向她,使出全身的力气紧紧将她抱住。看到我如此欢欣,她不禁笑出了声,但马上又止住了笑。她美丽的脸庞再一次变得严肃,并请我坐定。

"你听我说完呀,我亲爱的安吉丽科……"

就在这时,她那修长脖颈上的肌肉突然紧张地抽动起来。她在努力地控制着，不让自己被某种强烈的情绪所击溃。

"……您知道我对您的感情以及长久以来我们之间亲密的友谊……"

她停了一下，接着说道：

"您的父亲，也就是我的表兄，当他通过遗嘱将您托付于我时，您才刚刚两岁。那可怜的人！那时您的母亲因高烧过世数月，我是他唯一的亲人。他在病危时向我透露了一个秘密，我发誓不到必要时刻永不泄密。今天，我感觉是时候告诉您这个秘密了。我亲爱的安吉丽科……"

我也跟她一样抽搐了起来。正当我眉头紧锁，心跳加速的时候，她捉住我的手，在我的掌心小心翼翼地放进一块沉甸甸的圆形金挂件，并将我的手指轻轻地合上。

晚饭后2小时

"咚，咚，咚！我是朵琳娜，您的新仆人！"

听到门外的声响，我不得不抬起头，放下手中的笔。

一张圆圆的笑脸出现在门缝里，我的直觉当即告诉我，这位同时侍候着几位女官的女仆，将会与我非常投缘。

"我为您准备了一碟炖鸡肉。如果您愿意，我就端来给您，阿德琳娜小姐。"

"安吉丽科，"我微笑着纠正道，"安吉丽科·德·巴尔雅克！"

"可不是吗，这才对呀……我脑子坏了！您的教母，德·圣马可夫人明明告诉过我的，另外她还让我发誓千万不要饿坏您！那我去给您拿炖肉了？"

我别无选择。转眼间，她就端来了一盘热气腾腾的食物，散发着刺激我食欲的香味。

吃了几口我就饱了，我很快推开碟子，继续记述我的故事。我下意识地将手伸进装满我所有杂物的大行李包中。我的手指触到了一个天鹅绒的小袋子，里面装的就是那枚传说中的金挂件。这是全世界我最珍视的东西。据说我的母亲生前一直佩戴着，里面还装有一缕她的头发，我喜欢抚弄它，一会儿放在脸颊上，一会儿绕在指尖。我把金挂件放在墨水瓶旁边，继续写下去……

"这就是那个秘密吗？"我抬头看着教母激动地问道，其实内心相当失望。

"不是的，我的女儿，我所说的秘密不是一件物品，它存在于您父母良心的深处。"

我皱起了眉头，意思就是她这番深奥的空话对于我，简直是鸡同鸭讲。她立刻明白了。

我张大嘴巴，面对着我充满疑惑的双眼，她把话挑明了：

"您应该知道，我们的国王已下决心将新教从法兰西王国驱逐出去。但是，您来自于朗格多克的大家族，数代以来都是新教徒……"

她调整了一下呼吸，接着讲道：

"也就是说，您的父母在您出生之时就皈依了天主教。唉！这当然不是出于信仰，而是被迫为之！他们做出这样的决定，为的是保护您，并保证您拥有一个好的未来……"

她将我抱入怀中,就像我小时候那样摇着我,并在我耳边轻轻说:

"千万不要把这个秘密告诉别人,安吉丽科,谁都不行。永远不要。哪怕是再亲密的人都绝对不可以。更不要说在凡尔赛了。您能向我发誓吗?"

"可是,可是……"我难以掩饰自己的慌乱,"那我的信仰到底该是什么?"

"我的小祖宗,哎,当然是您一直以来信奉的那个了!天主教啊!"

可是,经过她刚才的一番讲述,事情看起来可没那么简单!

我默默地祈祷,沉默了好久。然后,我深呼吸,挺胸抬头,从嗓子里喊出一声爽朗而自信的"是"。

就在短短几分钟之间,我感觉自己长大了好几岁,同时还要消化两个接踵而来的重磅消息:我将要出发进入宫廷,以及我的父母和整个家族原来都是新教徒。太有戏剧性了!

天色渐渐变晚,我卧室写字桌上的烛台已经空了,我必须要停笔了,还得问朵琳娜多要一些蜡烛。

10月12日　星期四

我开始慢慢习惯这间狭小且不舒适的小卧室了。经朵琳娜暗示我才明白，其实我的住宿条件已经很好了，这也许多亏了教母在好时辰面前的求情。好时辰是国王寝宫的男仆，他拥有一项令他极为自豪的权力，绝不会将它转让给其他人：为宫廷中的人分配住所。

"您还有什么好抱怨的呢，我美丽的小姐？"就在今早我冷得直哆嗦时，她这样对我说，"您看看，这里的视野多开阔啊！这样望去正好可以看到药剂师的院子。您还有壁炉呢！您知道在这里它有多稀罕吗？另外，这房间的位置也极好。这间卧室在楼梯的高处，旁边正好是蓄水池，什么时候您高兴了就可以过去打水。您还缺什么呢？"

我一言未发，但思绪万千……这与我那位于巴黎则肋司定会修士沿河马路的卧室简直是天壤之别！

昨夜，我被惊醒了三次。先是由于左边卧室里传出的鼾声（我等不及要见识一下这巨响的始作俑者了），接下来又是蓄水池旁边洗脸的声音和从楼顶传来的抓挠声：一定是红毛鼠，或者更糟，是大老鼠……太可怕了！

10月13日　星期五

今天大清早，教母就急匆匆闯进我的卧室。我艰难地吞下朵琳娜端来的一碗滚烫的肉汤，并迅速地穿衣洗漱。可千万不能让德·圣马可夫人等人，更不要说她现在是王宫里的大红人！

她紧张地宣布，三天后她要带我去见夫人。在这之前，我必须得（她着重强调"必须得"）熟悉一下周围的环境。

事实上，直到现在，我只和朵琳娜一起探访过我们居住的楼房——凡尔赛宫南翼群楼，或其他目光所及之处：那些无穷无尽的走廊以及穿梭于其中的搬运工、送货工、仆人和大臣。甚至包括被人弄到这里的活生生的牛羊！真是难以置信！

"哎呀！弄来这些是为了给王宫里的孩子们喂奶，因为有时候奶妈都不够用！"朵琳娜发现我的惊讶，向我解释道，"自从国王的孙子接二连三地出生，"她补充道，"现在这里是一个名副其实的哺乳室：勃艮第公爵马上要三岁了，安茹公爵刚学会走路……"

"哞！哞！你倒是走啊，畜生！"牛倌高声训斥着他那健美的诺曼底奶牛，还拿刺棒戳着它的屁股，显然它还不习惯在一座宫殿里行走。

这场闹剧看得我乐开了怀，朵琳娜只好不停地拽我的胳膊以继续我们的行程。

咦，我刚才讲到哪儿啦？哦，对了，教母……

"您准备好了吗？"她坐在卧室唯一的扶手椅里，手里摇晃着一把美丽的丝绸扇，这样问道。

而此时我的脑袋还浸在一整盆冷水之中……她难道没看见我还在洗脸吗？真是没办法更快了！

一出门，她就挽着我的胳膊领我大步迈向南翼的花圃。那里的景色可谓绝美。广阔的草地呈涡旋状散布，烘托着正中间圆形的水池，走近，又是一片风光旖旎的瑞士风情池塘。看到我脸上赞赏的表情，教母终于松了一口气，摘下了那极不适合她的严厉面具。

园丁们乱哄哄地来来去去，就好像一群蜜蜂。

"冬天要到了，"教母略带严肃地说，"所有花园里的柑橘树必须赶在第一次霜冻之前被暂时存放到柑橘园。国王花了重金把它们弄过来，非常看重……"

微风拂面，白色的砾石小路被我们踩得吱吱作响。看到如此多新鲜和美丽的事物，我的头开始嗡嗡作响了。

"不过这些天你可别指望能见到国王，"她继续说道，就像德·拉索尔斯小姐那样沉浸在自己冗长的解释中……"狩猎的季节到了，前阵子他出发去了香波尔城堡，然后又去了枫丹白露。王宫里好多人都跟着去了。正因如此，这里的一切看起来是那么沉闷和萧条，全无往日的热闹！"

我稍稍一转头，一片美景映入眼帘：修剪成圆锥形的紫杉，秋天火红绚烂的花丛，高高矗立在底座上的古代雕塑，有序分布在城堡正面的圆柱和栏杆。这里的一切都好美！我永远也看不腻此般美景！

教母走路的节奏促使我必须跑步才能不被她落

下。她对这里了如指掌,步伐好像冲锋队员。

一位身穿红色号衣的瑞士守卫放我们通行,他一脸狡黠的神情,点了点戴着假发的脑袋,同意我们进入宫殿的中心位置。就在教母不停叮嘱教诲我之时,我脑袋里却萦绕着一个问题:我该如何适应这个地方,又该如何胜任委任我的重要职责?这一切都是那样繁重!

"一定要谨防小偷,我的小安吉丽科,他们到处流窜,因为这里几乎任何人都能进得来。男人,只需戴一顶帽子,佩一把侧剑。至于女人,只要进门前把围裙摘下来就行!这还算好的!关好你卧室的房门,让朵琳娜警醒一点,防人之心不可无。你知道吗,那些小偷竟然会猖狂到用锋利的刀把窗帘上的金丝流苏裁下来,另外,外套上的珍珠纽扣和皮鞋上面的银带扣也经常会不翼而飞!"

我有一句没一句地听着,因为这场散步已吓得我浑身冰凉。教母只顾着享受她身为王宫得势贵妇的喜悦,根本不理解我的感受。她把我带进法国的王宫,确信给了我一份无价的礼物,然而却不知,我们之间长久以来的紧密纽带已经被切断了。她是我唯一的亲人，而我却感觉被她抛弃了。

幸好，她曾经送给我的精装小本子还在，就是我正在涂写的这本。我在离家的那天得到这份礼物，当时还有点疑问，不知道该在上面写些什么。但自从来到这里，我便开始喜欢将自己的感受逐一记录。这样可以帮助我尽快适应未知的新生活。

10月16日　星期一　晚上七点钟

我焦急地盼望今天快快结束。对于我这个法兰西宫廷小小的新面孔来说，这一天令我精疲力竭，目不暇接！

教母陪我进入上流社交圈，尽其所能将我带进了奥尔良家族内部，她总是乐此不疲地重复道："服侍他们是你极大的荣幸。"但事实上，她之所以反反复复这样说，其根本原因是她羡慕我的际遇。我相信，在她像我这么大的时候，要是能每天周旋于王室最中心的人际圈内，绝对会乐开了花。

但是对于我来说，这件事却让我浑身发抖，甚至想钻到地底下几十公里以外去。您看看她吧，眼中闪烁着兴奋的光，高谈阔论，斟酌着能博得满堂彩的妙语，摆出优雅的姿势。总而言之，她随时准备投入一场我完全不懂的游戏。并不忘对我进行启蒙教育！各种课程：礼仪，保养，跳舞……我一遍又一遍地学习宫廷中通用的社交惯例，学习如何就餐，如何端坐，如何手握扇子交叉双腿低身行礼，如何抬头挺胸地走路……好无趣啊！作为一个听话的淑女，我顺从地学着，但无奈很快就遗忘了。所以，今天我需要使劲地回忆才能想起在不同情境下该使用怎样的动作和表达方式。真是费神啊！我可怜的小脑袋瓜马上就要爆炸了！

晚上9点钟

休息片刻之后，我又拿起了笔。听到时钟敲响了九下，我才从惊恐中缓过神来。其实我已经很疲倦了，但仍然坚持想把这奇特的一天记录下来，要不然很可能又会忘记!

一大清早,教母就突然出现在我的房间,一副紧张兮兮的样子,而我却还在悠闲自得地翻阅我这本所谓的日记。

她令我马上起床,站直,并来来回回地打量了我三遍。接着,她陷入沉默和精神高度集中的状态,花了很长时间把我的紧身背心和裙子弄平整,还把衣服花边弄得更蓬松一点……在她的操持下,我的脸在一片香粉的云雾后面消失了,发髻被挽得更高了。终于,几分钟之后,我达到了可以见人的标准,剩下要做的就是摆出优美的仪态。

她注视着我惊恐的眼睛,抓住我的手,说道:

"安吉丽科,您即将得到夫人的接见,她是国王的弟妹,法兰西王国的第二贵妇。您一定要注意自己的身份,谨遵我本人、您的巴尔雅克家族和我的圣马可家族一直以来对您的精心教诲。无论何时何地,您都要像奴隶对女主人那样对夫人忠心耿耿。千万不要放任您的坏脾气,否则您会因为这个而吃大亏;也不要暴露任何愤怒或失望的情绪。要掩饰真实的情感，深藏在心中。好了，我的女儿，抬起下巴，微笑……"

在这一瞬间，我忽然好想逃走，把裙子掀起到膝盖，然后飞快地逃到离这儿很远，很远，很远的地方……

我闭上双眼，深深地叹了一口气，平复了一下心情。就在刚刚，我见到了夫人，即人们口中的：帕拉丁公主。而此时，我已伏在桌前，手中提着笔。

当教母听到自己的名字被传唤，便抬起了头。而我立刻震惊了，从来都没见过这样的阵势！

繁重的布料鱼贯而出，伴随着极为杂乱的噪声，十几只猎犬跳了出来，互相追逐着，狂吠着，撕咬着。夫人就在不远处，但她才露了脸，我的视线便即刻被挡住了，我只看见一堆穿各式衣裙乱糟糟扑向她的人、装着一只引人注目的金丝雀的鸟笼和一张铺满纸页的写字桌。真是太乱了！太吵了！这情景简直难以形容。

更惊奇的是她居然开口说话了：

"到我脚下来，狗狗们！

"我亲爱的艾米莉，过来！

"您身边这位肯定就是您的小安吉丽科了。过来!"

她说话时带着浓重的日耳曼口音,听起来非常明显。之后教母跟我解释说,也许是因为她发自内心地牵挂着那块小小的德国领土,在法兰西宫廷十三年的生活居然没能将她的乡音抹去,她亲爱的帕拉蒂纳,十几年前,为了与国王的弟弟菲利普·德·奥尔良成婚,才不得不离开家乡。

我混在热乎乎的猎犬中间,在她脚下行了个礼,然后起身走向这位身形肥胖的王妃。我没看错:她确实非常丰腴。这使得她线条粗壮,看起来很男性化。宫廷的毒舌们嘲笑她的外貌特征,将其比作"裹了亮猪油的火鸡"。其实这种说法相当恶毒且太不公平!她的确很胖,但却有着生动的眼神,透露出无限的仁慈和善良。不过……也许并不是对每个人都如此……

她把教母拉到一旁,对着教母的耳朵大讲她的劲敌德·曼特侬夫人的坏话,其间我差点就忍不住大笑起来。她的脸一下子变成酱紫色,并用她那男人般浑厚的声音骂德·曼特侬夫人是"老鼠屎"。然后,她的声调一点点地升高,一边大幅度地比划手势,一边咒骂道："这个混账东西真是一无是处！她是一只老蜘蛛，不对，连这个都不如，她就是个泼妇！"

就在这样连珠炮似的攻击之中，突然出现了一位浑身散发刺鼻香水味道的奇特人物。他一句话都没说，大步跨过这摊乱糟糟的人和物，杀出一条自己的路，粗暴地推开那群扑向他并大口大口舔他的狗。他个头矮小，肚子很大，穿着和高跷一样高的高跟鞋，戴着"狮子狗式"的假发，看起来很像一只未老先衰的绵羊。还有更让我惊奇的事……

他边走边摇晃着满手的戒指，骄傲地挺起胸膛，全身镶满蕾丝、饰带、宝石以及各种饰品，好像一个准备要参加狂欢节的郊区女人。他的脸上涂满香粉，双颊上了腮红，竖起嘴唇，一阵刺耳难辨的声音传出：

"夫人，我想请您移驾枫丹白露的王宫，以陪同我的兄长路易王，并同时代表我。折磨了我许久的高烧终于退了，但我的身体仍然很虚弱。我必须留在这里继续调养，这是医嘱……"

"谢天谢地，先生，您的高烧终于好了！"夫人回答道，"您看起来精神很不错，既然您让我去枫丹白露，我一定会去。"

就在一瞬间，我意识到这个饰品堆砌成的男人不是别人，正是"先生"，整个王宫的话题人物，夫人的丈夫！

他向教母点头致意，又转向我，神色淡漠。

"这位是安吉丽科·德·巴尔雅克，我新晋的女官，"帕拉丁公主用她强有力的嗓音宣布道，"德·圣马可夫人把她托付给我们，目的是让她服侍我，同时自我学习。的确，宫廷是一座好学校……"

因为过分害怕，我已浑身冰凉，几近瘫痪，但还是挤出最后一点力气鞠了个躬，结结巴巴道："但求你万福金安，夫人！"

我自己感觉好傻，然而胖王妃慈祥的目光和教母温和的笑容让我安心。我的升级考试过关了吗？也许吧……不管怎样，我一下子轻松了好多！

再怎么努力也没用，我的眼睛还是闭上了。每写一个字都好困难：我实在太累了。我必须躺下睡觉了。而且，午夜的十二下钟声刚刚敲响……

"对您这样年纪轻轻有身份的小姐来说,这个点也太荒唐了!"我过去的忠诚的女仆玛歌特肯定要这样教育我了,她极为重视晚上就寝的时间。

10月17日　星期二

再看昨天的日记,我感觉自己就像在做梦。而昨天拜见的那对夫妻,更加让我怀疑这一切的真实性。仿佛在观看一出喜剧……两个如此迥异的人怎么能够结合,朝夕相处,且达成默契呢?

"国家的利益为先!"教母肯定会这样回答我,"要知道,亲王的婚姻跟感情无关!"她常常这样说,"他们的婚姻首先要符合两个王室的利益,相信我,我们的国王路易也是为了自身利益才成婚的!"

如果这是命运的安排,结婚的确不是什么难事,但是要相处融洽且达成默契,就不那么简单了……突然，一堆问题出现在我的脑袋里。其中有个问题不断地闪现：我能不能逐渐提升自己，直到能够完成女主人交待的任务呢？可能不行……不过我连她对我的期待都不清楚，又怎么回答得了这个问题呢？

有一件事却是肯定的：且不论夫人和先生相处得好不好，他俩都是特立独行的人物。他们所到之处必定热闹非凡。生活在他们周围一定会惊喜不断！每天我都会听到各种奇闻轶事，然后可以兴致盎然地将大大小小的故事都记录在这个本子里……总之，我就成了一位乐于记录周遭事件的记者……

安吉丽科，你是不是太不知收敛了！昨天还被吓得半死，今天就得意忘形了。"凡事皆要有分寸！"德·拉索尔斯小姐喜欢这样念叨。她说得没错。

10月20日　星期五

昨天，我认识了夫人手下的服务人员。难以置信，居然有二百五十人之多！我立刻被淹没在众多的牧师、神甫、内科医生、外科医生、分别负责衣着和餐饮的服务人员之中，这还不算马厩里的工人！

我还是需要费很大力气才能记住这么多张面孔，幸亏有其他的女官提醒我。她们都比我年长很多。我感觉她们并不是很和气。安娜，艾蕾奥诺尔和亨莉叶特，再加上我，我们四个受另外四个女人的管制，在她们面前，我们最好听话一点。这四个人分别是（你可不要搞错了，安吉丽科……）内勤宫女长（她看起来很不随和，那眼神分明是要咬人！），陪伴王后的贵妇，女管家和副女管家。最后一位具体是负责什么的？我已经不记得了！

乐观派的教母马上安慰我道：

"永远不要忘记一件事，我的小女孩儿：假如你懂得如何讨女主人喜欢，那其他人都会喜欢您，并绝不会给您找麻烦。相反，假如您惹了夫人不高兴，当然这应该是不可能的，事情就没那么简单了。不过我一点儿也不担心，一切都会顺利的！"

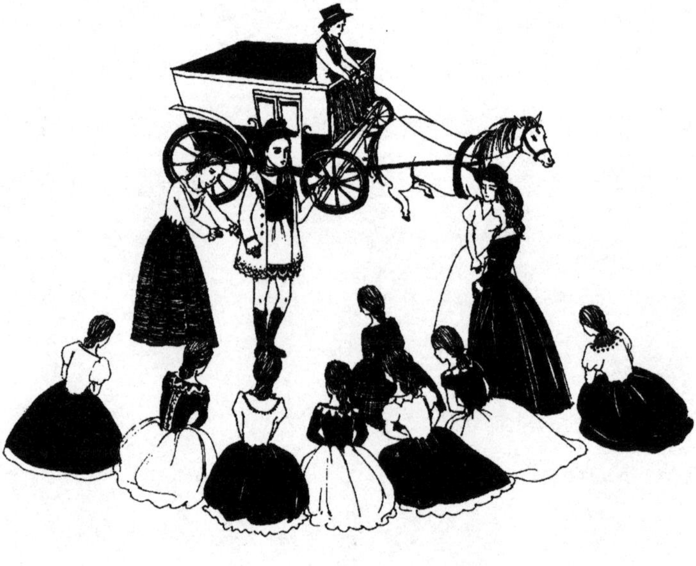

10月21日　星期六

我终于清闲了。今天下午，夫人离开凡尔赛，去了枫丹白露。经过最后这几日的忙乱之后，女主人出发了，我也终于松了口气：真是一场龙卷风啊！

我和教母前去向夫人请安，她正准备钻进马车，身边黑压压全都是她的侍女，她的马车被两列长长的马车队所包围，后面的一辆摇晃得相当厉害，几乎要站不住了。车里面装着她那八只不安分的西班牙种猎犬，它们尖叫着，跳着，撕扯着罩在车厢内部的天鹅绒。

"我的小乖乖，小乖乖！耐心一点好不好？你们马上就要去狩猎了！"帕拉丁公主把头贴在车门上，向她的猎犬群高声喊道。

所有人都会心一笑。是因为狗呢，还是因为她的奇装异服呢？

王妃穿着一身剪裁轻便的狩猎装：亮橙色的短裙外面罩了一件深棕色的呢绒外套。脖子上系着一条深紫色的丝质领带，但不知为何缠了两圈，看起来脖子都要被勒断了。然而最令人发笑的是她的头：一顶三角帽上面冒出一片亚麻色的假发……好奇特的搭配！

留守在家的先生出现在二楼的窗台。他抬起戴满沉甸甸戒指的手向夫人轻轻地致意。看起来他并没有因为要留下而不高兴！

10月24日　星期二

今天下雨。雨滴噼噼啪啪地打落在我房间的窗户上。"扑扑扑…"还是待在房里好！也算是对我的悲伤小小的安慰。天空仿佛我的心情：灰暗，阴郁，哀伤。昨天，教母小心翼翼地向我宣布了另一个消息，因为她知道这肯定对我影响很大。但当她告诉我，不久前，一位年迈的叔父让她继承了朗格多克的一块封地时，我还是一下子就明白了她的意思。

"这是不是意味着整个秋天您都要在很远的地方？"我担心地问道。

"我春天就回来了……天气晴好的时候路上比较好行车，我们可以一起过复活节啦！"教母满脸笑容。

复活节？那不是到四月份了！那是很久很久以后了！我立刻想到。

一阵恐慌袭来，我不禁当场呆住。接下来几个月都要独自待在这里，这让我不能接受。更糟的是，我感觉被声称是我第二个母亲的人抛弃了！这太不公平！

我抽噎着，胸口急促地起伏。我转过身去，背对着令我承受如此痛苦的人，默默地哭泣。

她走过来，把手搭在我的肩上。

"别以为自己被抛弃了。朵琳娜已经向我保证过会好好照看您，另外夫人也会关心您……我这次出门不是为了小事。"

教母深深地叹了口气，继续说道：

"为了这件事我得付出很多，但我别无选择……我将无比期待和您的重逢！"

8点钟

刚才最后一根蜡烛被我用完了，所以只能停笔。

朵琳娜已经把她所有的存货都给了我。在楼梯一角她的栖身处，她揭开了草垫。奇迹啊！居然还剩了一支蜡烛……

在写接下来的事情之前，我又把教母的话仔细读了几遍。奇怪的是，这些话现在听起来比当时从她嘴里说出来的时候显得更加真诚。读着这些字眼，我不仅不再难过，心里反而舒服了很多。就像是抹在伤口上的香膏。只是我完全不懂她为什么非要出这趟远门。我更不晓得这位老叔父是何许人也，她从前从未跟我提起过这个人。不过她一直致力于一遍遍完善家族谱，即便是八竿子打不着的亲戚的名字也难不倒她！

刚宣布完这个消息，她就让我陪她去凡尔赛城走一遭。先是去夫人的女裁缝阿涅斯家。

"当您正式被国王接见时，一定要穿一身漂亮的宫廷裙，得配得上法兰西王宫才行！可能就在他从枫丹白露回来之后……"

"接下来我们去舞蹈老师莱奥纳尔家。因为，您看，世界上最滑稽的事就是穿着漂亮裙子踩着笨拙的舞步！加沃特舞，快三步舞，孔雀舞，萨拉班德舞，这些舞蹈您都得熟练掌握……尽管您已经会跳小步舞和四组舞。无可挑剔，安吉丽科，您必须在所有事情上都让人无可挑剔！"

又来了！她又开始幻想将我打造成一位完美的公主了！我小的时候，她总是夸我漂亮、优美、典雅，还说人工的东西只会遮盖我天生的美丽……那么，现在又是怎么了？

我难以压制心中的烦躁：我的脸涨得通红，加快了步伐。把我交到女裁缝手上，还能勉强接受……虽然夫人的穿着令我担心她会不会有更差的作品……但把我交给跳舞的老头子,我不要!在之前那些冗长的舞蹈课上,我就遭遇过年迈的阿尔冈斯,一个说话时唾沫四溅的啰嗦鬼,好不容易忍了下来。可是今天,我拒绝再受一番这样的折磨!

我一路都在嘟嘟囔囔地小声抱怨,但一个字都没跟教母说。

阿涅斯身边环绕着一群学裁缝的女徒弟,她看起来倒是挺和善的。只让我有一会儿不太舒服,就是当她为了量尺寸把冰凉的手指放在我皮肤上时。没想到,她铺开在我们眼前的布料非常华丽,展出的衣服样品也相当有型。我的宫廷裙一定会大获成功!

至于那位传说中的莱奥纳尔,乍看去他倒比想象中有趣。他很欢乐,笑眯眯的,且非常幽默!看来今天是个好日子,因为他对我赞不绝口:王后般的仪态,精致,有魅力,细腻……我从没被人这么夸过!因此在今天这第一节课上,我表现得十分顺从,还向早已感觉出我心中不自在的教母发誓要好好学。

"您现在长大了,可以自己拿主意了!但要知道,这位是宫里曾有过的最好的舞蹈老师之一。"

回来的路比去时更欢乐。我慢慢地想通了,她即将离我而去,而我只有一个任务:让自己坚强起来,勇敢面对一切现实。我必须要这样做!

❦

10月26日　星期四

不得不自食其力的安吉丽科的第一个决定:探查陌生的城堡四周!由于本身信心满满,再加上晴朗的天气让我脚步轻快,我一下子平添了几分勇气,一直走到花园的最深处。我走得很快,一下子到了阿波罗水池,此处拥有仰望城堡的绝佳视角。多么伟大的创举!我非常自豪,因为附近人迹罕至。绕到后面,大运河平整的水面一望无际,壮阔非常,一直延伸到森林的深处。日后我对这里更熟悉了,我就可以沿着河岸一边散步,一边思考,任步伐不停,思绪飞驰:这真是一片世外桃源!

我坐在阿波罗水池边上。四座马的雕像是那样栩栩如生，仿佛马上要从水中跃出。真是巧夺天工！我急切盼望国王归来，好让水上娱乐设施尽快完工。教母跟我说过，她对玩水从不厌倦……当她看到水喷得到处都是，就好像身处仙境！

10月27日　星期五

教母今天又抛下一切准备工作来看我了。五天后，她即将启程。她变得越来越焦虑。我快被她的各种建议淹没了。她总是这样开头："您应该，千万不要忘记，一定得……"而结束语总是这样的："您都记住了，对吗？"我的神经从早到晚都处于紧绷状态，尤其是今天晚上，纵使我努力地在脑中翻寻，还是什么都想不起来！

但是，我却十分感谢她带我去了凡尔赛城堡围栏处。那里排列着各式各样做生意的小木棚，气氛热闹非凡。"要买假发吗？"这句话音未落，又听到别处传来，"绝对漂亮的徽带，花边，小饰品！"紧接着又是，"柴捆，蜡烛，第一时间送货上门！"我一下子竖起了耳朵，教母立刻走近货摊。商议的结果是，一名仆人每月都会上门送来这两样宝贵的物品。

"还有纸，您觉得这里有卖吗？"我担忧地问道。

木柴用来取暖，蜡烛用来照明，虽然已经很好了，但还有更重要的！有一位胖胖的纸店女老板，在雨檐下向我展示了她店铺里面各种各样卷着的纸。当她把一个本子递给我时，我忍不住惊叫了一声。这正是我想要的！教母一下子给我买了四本，因为她知道如今我爱上了写日记。这是事实。它带给我的已远远超过记录感想的喜悦，它已成为我生活的必需品。我写得越多，就越感觉无法停笔……真是一段奇特的经历！

10月29日　星期日

在这个美好的秋日，我一个人沿着南边的树丛慢慢地散步，事实证明我做得很对！机缘巧合，我认识了两个与我同龄且处境相似的小姑娘：让娜-玛丽和阿尔芒德。法兰西婴孩部门女管家把勃艮第公爵路易托付给她俩，让他活动活动小腿儿。可不幸的事情发生了！他像脱缰的马一样从她俩的眼皮下逃走了……

就在我走向科洛纳德树丛的时候（这里的植物名称开始难不倒我了），我碰到了一个迷路的小男孩，他一脸惊恐的样子，脸蛋上挂着两行细细的泪水，正在这时我听到远处传来一阵阵的叫喊："路易！路易！您在哪儿？"我立刻拉了小男孩的手朝喊声走去。很快，两个衣着光鲜的年轻女孩出现在我们面前，提着裙子惊慌失措地跑着。等她们能够正常呼吸之后，我们互相做了自我介绍。这位小路易原来就是勃艮第公爵，国王的孙子。让娜-玛丽·德·凡尔瑟依和阿尔芒德·德·圣哥伦布几乎算是他的侍女，因为她们属于法兰西婴孩部门。

她们俩来到这里已有半年多了，比起我，算得上是老住户了，这里对于她们来说已不再陌生。开始的时候？的确很艰难，她们承认道。想家（她们俩都来自于外省，至于是哪个省？我忘记了），地方太大，还有一位必须言听计从的专横的主管。她们一面穿过花园一面跟我讲了这些。当我们再次到达南翼群楼的时候，让娜-玛丽和阿尔芒德急忙护送小路易迅速消失在长长的走廊里。再遇到她们应该不是难事。我急切地想要与她们再次相见。与她们一起交谈，散步，大笑，让我感觉很温暖……我感觉自己重生了！

11月1日 星期三

今天是万圣节，所有圣人的节日。明天教母就要走了。我们的神经再一次紧绷起来。首先是因为一想到要分离，巨大的痛苦就噬咬着我们的心。另外，还必须应付王宫教堂里那套无休无止的繁文缛节。

"假如国王在这里的话，教堂一定会被挤破！没错，大部分大臣已经陪他去枫丹白露了。但是留在王宫里的人也不忘给自己缺席的权利！天主教信仰的底线……很容易被冲破！"

我从未听过教母专门针对信教的廷臣发表如此不

痛不痒的评论！不管怎样，我们聚精会神地参加了礼拜。至少我自己（我无法代表教母的意见）努力地提升着自己灵魂的高度。

仪式的结尾部分令我不悦。小教堂的布告牧师报告了国王及其宫廷在枫丹白露的最新消息。接下来，他通报了与法兰西教会息息相关的大事件，首当其冲的就是新教徒的转化。一听到这个词，我一下子从昏沉沉的状态中清醒过来，竖起了耳朵……他用一副胜利者的腔调宣布不断上升的重回"大部队"（即天主教）的"迷途的羔羊"（指新教徒）的数量。他还提到了那些"穿靴子的传教士"，即龙骑兵，他们遵照普瓦图大总管的命令住在新教徒家里，直到他们转变信仰为止……

我转身看看教母。她露出不自在的神色，脖子上的肌肉紧绷着……她在想些什么呢？我无法知晓，因为在教堂出口处，她拒绝回答我的问题，只拿几句空洞的话搪塞着我，譬如：

"您知道的，国王不能允许在他的国度有另外一种宗教存在……这对于他来说是一个原则问题……"

而我却无法接受逼迫他人改变宗教信仰的事发生，尤其是以武力的方式，或者以胁迫的方式，就像我那可怜的父母为了我被迫做的……

教母坚持临走之前去一趟我的房间，为的是确保我所有的东西都收拾整齐了，什么也不缺了。交待我裁缝会在一周后上门，提醒我坚持去莱奥纳尔处上舞蹈课，出门前穿暖和，要求朵琳娜的照料必须事无巨细，还有……还有……

听着她一遍又一遍的嘱咐与叮咛，我感觉自己头好痛。她认为这是为了我好，可是我烦躁的情绪却到达了极点。

在向我道别的时候，她把手伸进自己的针织包，然后递给我一个装满钱币的钱包。握在手里，感觉沉甸甸的……我从没有过这么多钱！

"还有一样东西！"

她又把手伸进包里，拿出一个用布包着的小袋子。

"我差点忘了把这个交给您。这是玛歌特给您的。"

我的烦躁立刻消失了，感觉自己的脸慢慢露出笑意：是蛋糕吗？还是糖果？……啊，原来是小杏仁饼！这是我最喜欢的食物！

慢慢打开外层的布，我难以控制自己强烈的情绪，不禁抽泣起来。这一切让我想起了我亲爱的玛歌特：她制作蛋糕的手艺，我钟爱的杏仁面饼的香气……我仿佛看见自己在她身旁，静静地看她在那永远飘香的厨房里忙来忙去……我沉浸在自己的思绪之中，几乎没感觉到教母在我脸颊上那轻轻一吻。我转过身去，门已经关上了。她走了。

11月2日　星期四

好阴沉的一天！外面狂风大作。今天是祭奠先人的日子，我按照昨天教母的指示去教堂祈祷，很快就回来了。做弥撒的时候我完全没看到让娜-玛丽和阿尔芒德的影子。我不禁怀疑自己是在梦中遇到的她们。

今天我看什么都不顺眼，做什么都提不起兴趣。甚至连提笔，蘸墨水，写字都很费力。我还是停笔吧……唯一的安慰是玛歌特的杏仁饼。只剩下六个了。我用牙齿慢慢地咀嚼着，为的是让饼干尽可能长久地停留在我的嘴里。结果是：我写字的这张纸上面掉满了饼干屑。我万分仔细地把它们聚拢，然后放到舌头上，一丁点儿都不能浪费！

我现在讲的这一切都了无生趣。等我的心情变好一些，再继续写吧。

11月5日　星期日　下午

几乎没什么可以汇报。朵琳娜走来走去，担忧地看着我这样窝在房间里。我冒着风雨短短地走了一会儿。几次路过了全新的公共事务大楼，它位于大总管寝宫的另一侧，住在宫里的人将到此领取食物。就这些了，除了我那像一张灰色的网一样包裹全身的坏脾气。时间过得可真慢！

11月7日　星期二

阿涅斯和她的一名女徒弟今天早上过来让我试裙子，她们的到来让我稍稍回过神来。之前我一点儿都不想见她们，可是朵琳娜没经通报就把她们领进了我的房间。

我明显感觉到朵琳娜观看试衣的急切心情，她好奇心太强了！她对我的无限热忱是肯定的，但想成为分享我秘密的人，是绝对不可能的！没有人可以取代我的玛歌特，她可以从我的眼中洞悉一切！

要穿上这件目前看来还未成型的裙子的雏形，我必须脱个精光。幸好我刚往炉膛里添了一大块柴火，屋内还比较温暖。接下来，裁缝师傅在我身边默默地工作着，而协助她的女徒弟则更加沉默。从她微笑的神情中，我判断她相当满意。

"下个星期我们再试一次，亲爱的小姐。穿上这样一条裙子，您可以边跳舞边飞！"

啊……跳舞！天哪，还有舞蹈课呢！

我仔细地回想，谢天谢地：舞蹈课应该在明天……

11月9日　星期四

太高兴了！我又碰到她们了！当我认出正在四级四级爬台阶上楼的让娜-玛丽和阿尔芒德时，我的心突然欢跳起来。但由于上舞蹈课的关系，我没时间与她们多聊，大家即刻约定中午十二点整在大理石庭院见面。

"你不可能找不到的，那是一个看起来好像国际象棋一样，由黑白相间的大理石砌成的庭院，就在王宫的最深处！"

我去往舞蹈老师家的脚步一下子轻盈了许多，舞蹈课上的练习也不那么折磨人了，反倒令我浑身舒畅。而且，老师还逗我笑。因为他擅长模仿，喜欢拿一切事物开玩笑，还有他那诡异的气质！他头上戴一顶黑色的假发，又卷又长地散落在背上。身披一件破了洞的旧皮袍，一直拖到地上。为了让我找到节奏，他用手中的棍头规律地点着地板。每点一下，我都被惊吓一次！

这个莱奥纳尔真是位高手。他令我如此开心，我好想继续上他的课！

之后，我与两位同伴会合。她们随即带我去了城堡里我至今未敢涉足的最华丽的一块地方。

"我们即将穿过国王的大寝宫，你将会在这里被他召见！"阿尔芒德宣布道……

她话音未落，我就被吓呆了。我喉咙发哑，步伐迟疑，胆战心惊地走进了宽阔无边金碧辉煌的大镜廊，忽然惊奇地发现自己的形象倒映在镜面中。一间间装饰奢华的大客厅在我眼前层出不穷，突然，我感到一阵眩晕。一想到我即将在其中一间得到国王的接见，我的心不由得狂跳起来：我仿佛看到苍白的自己笨拙地套在一条从没穿过的裙子里，所有人的目光同时瞄准我！那场景太可怕了！

让娜-玛丽走近我，挽住我的胳膊。

"出口在这里！"她大声叫着，满脸堆笑。

我感到一阵轻松，逃也似的从另一个巨大的楼梯上奔下，一跑进院子，终于可以大口呼吸新鲜空气了。

11月15日　星期三

终于，他回来了，我见到他了！我见到国王了！我至今还未回过神来。

有一整天的时间，足够让我知道他于今日回宫。一大清早，我就感觉出一种不同寻常的躁动。在所有的走廊和庭院里，人们行色匆匆，大家胳膊上挎满篮子，抱着一叠叠干净的衣服一路小跑。所有地方都乱成一锅粥。此外，人们从一队队整齐排列的马车上源源不断地取出各种盒子、包裹、箱子和成卷的地毯，然后仆人们一个接一个地把这些传递下去。

"真是一次大迁移！"朵琳娜抑制不住好奇心，头朝窗外解说道，"每次都是这样。永远这么乱哄哄！"

过了一会儿，正当我与阿尔芒德和让娜-玛丽在石子路上愉快地散着步时，只听一阵轰响，几辆金光闪闪的马车伴随着骑行声和马蹄的哒哒声朝我们驶来。紧接着又是一声大喊：

"注意！国王来了！"

一阵颤栗袭过我的全身，留下一身鸡皮疙瘩。我使劲踮起脚尖，伸长脖子，不想错过这场好戏。在一片马车夫的叫喊声中，一个侍卫跳下车来，打开车门，放下脚撑。我最先看到了国王卷曲的假发。待他微微转头，我基本看清了他的脸。国王！我见到了路易十四！我激动得难以自抑，居然连阿涅斯前来让我试衣的事都忘了。

"您这个晕乎乎的小傻瓜，您是不是还忘了夫人明天回来？"朵琳娜略带责备地问我。

当然没有忘！我多么希望我的女主人在啊，多么希望开始我的新生活！但同时我又有些胆怯。为了给自己加油，我把金挂件紧紧握在手心，又将它紧贴我的面颊，就把这当作是亲爱的妈妈给我鼓励的亲吻。

11月24日　星期五

礼仪……神圣的礼仪……真见鬼，礼仪！自从国王回来的那一天起，我就得学习在宫廷生活细节中至关重要的各种繁琐的礼仪规则。不仅要顺从，必要时还得用十二分的热情进行实践……真是专制！

怎么坐？坐在哪？该轮到谁来介绍夫人的衬衫？当夫人坐着的椅子破了，该不该告诉她？这时候可不可以放人进来？今晚谁来服侍她就寝？

这一切请"礼仪"来替您解答，她会告诉您正确的答案！

尽管教母提示在先，但我还是没能料到凡尔赛王宫居然被如此沉重的规章所绑缚。这导致每时每刻，即便是最平常的时刻，都成了一场演出。国王乐于看到这些，人们说这是为了把他王国宫廷的礼仪上升到最高的高度。

我对此很难适应：我最记不住的就是那些繁冗的细节。

"安吉丽科，到我后面来！""我说，德·巴尔雅克小姐，您在想什么哪？""用点心吧，我已经跟您讲过四遍了！""该轮到您搀扶夫人起身了！"

这些都是几天前我犯错时，夫人的宫女长和女管家对我的训责。但幸好还有夫人：在宫中生活了十年之后，她仍然在众贵妇惊诧的目光下不断地出着洋相。这让我倍感安慰。好比昨天，一个靠垫跌落在她脚下。她的侍女们赶忙去捡。但是帕拉丁公主比她们都快了一步。

"夫人，难道您忘记了，您不该伏身，也不该捡东西吗？请记得您尊贵的身份！"女管家冷冷地批评道，仿佛在训导一个小孩子。

王妃却猛然大笑起来，原本尴尬的气氛也立刻被化解了。

"哦，您说的没错，亲爱的请原谅我！"她主动承认错误，露出狡黠的神情。

11月27日 星期一

我左手绑着绷带，手腕剧烈地疼痛。虽然很痛苦，却不妨碍我用另一只手来记下今早发生的事。

当我和安娜、艾蕾奥诺尔、亨莉叶特以及其他女

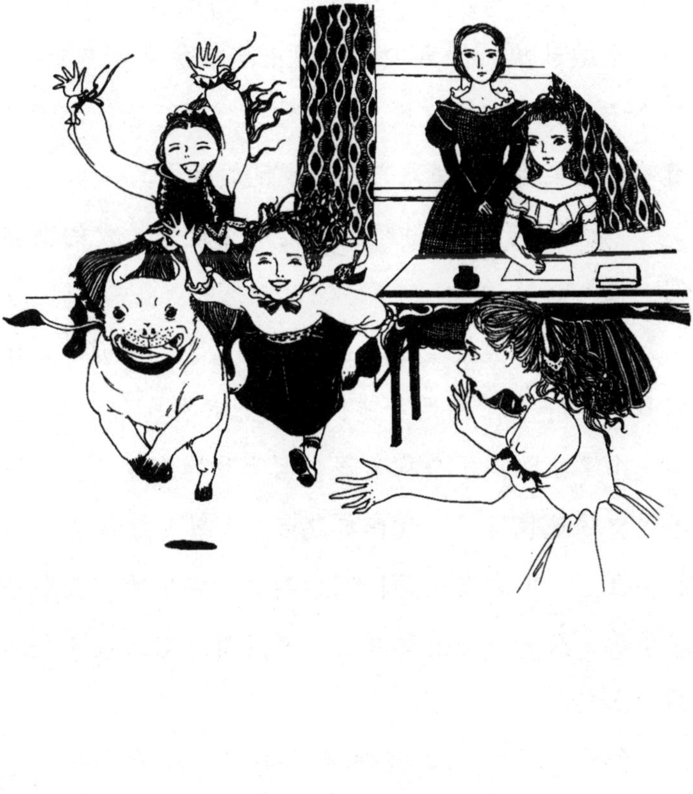

官一起走进夫人的客厅时，惊奇地发现里面比平时还要混乱。到处都是响动。这还不够准确！应该说是震耳欲聋的噪音！在堆满衣服的地毯上，两个小孩吼叫着追赶夫人的狗，而那些狗也是无比地兴奋，只听到一片乱喊乱吠，厉声尖叫。而王妃却仿佛置身事外，完全不被这一切所打扰，她坐在写字桌后面，手中握着笔，温柔地注视着眼前这个混乱的世界。

"菲利普，莉兹洛特！快过来见过我亲爱的女官们……"

在这一片混战之中，这俩孩子怎么可能听得到他们母亲的呼唤？绝无可能！我张开双臂向他们走去，却一个不小心摔了个狗啃泥。因为我的脚被缠在一块不平整的地毯里了。我想要爬起来，就把手撑在一个软东西上。不幸发生了！我感到好多尖尖的细头插进了手腕，只见一个毛茸茸的球怒吼着从它的藏身之地跳了出来。

鲜血直冒，顺着我裙子往下流。这时，夫人起身走近我，仔细查看了我的伤口，用她男人般的声音斥道：

"提提！你看你都干了些什么？你疯了吗？你们快去找我的外科医生，快去啊，她被咬得不轻！"

侍女们惊慌失措地在我身旁跑来跑去。肇事者，西班牙种猎犬提提被人抓住了，孩子们也在哀求声中安静了下来。

夫人急忙找了块布把我的伤口包了起来，我握着胳膊平躺在地上，耐心地等待着医生的到来。小莉兹洛特走近我。她无比小心地蜷在我身边，用她的绣花小手绢擦干我的眼泪，还用她细弱的声音问了我许多问题。不远处，菲利普驱赶着在我脚上跳来跳去还不时嗅嗅我的小狗。这些童真的举动让我的心柔软了。

"的确，她伤得不轻！"外科医生一边检查我的胳膊一边说道。"一份金盏花，一份艾菊，一份当归，共三样，用香膏擦涂，每天两次。"他补充完，转向跟随他前来的一位男子。

他们走后，夫人扶我坐起来，就像亲妈妈一样对我无微不至。

"我亲爱的安吉丽科，我为这畜生所犯下的罪孽深感伤心和歉意，我请求您的原谅。假如您的教母艾米莉知道这件事,她一定会骂我的,她理应如此。唉,唉,唉!"

我本来不想笑,但她的好脾气太有感染力了。她的一位侍女一直陪我回到房间,我们一起等待药剂师配好药。不出意料,朵琳娜突然出现了。

她尽其所能地安慰我,还不停地为给我上药、包扎的药剂师提供帮助。明天他还会再来。我现在要去躺下了,因为持续的疼痛折磨得我疲惫不堪。

11月28日　星期二

我好一点了。伤口不那么疼了。朵琳娜说这是因为昨晚她让我喝的药水起了作用。她对此深信不疑。所有人都如此关心我,让我内心充满了幸福!

今天大清早,夫人的一位侍女前来探视我的伤情,并告诉我今天不用上班了。

过了一会儿，药剂师西蒙医生敲门了。他检查了我的伤口，并要我跟他去药房。他的药房就在一楼，楼梯最底处，离我非常近。从前经过这里的时候，我万万没想到这几扇门背后会是一个人数如此众多、繁忙的工作间！手持铁槌的助手在大研钵内捣磨着各式粉末。再里面，几个坐在矮凳上的男孩子把贴着不同标签的瓶瓶罐罐排列整齐。还有人在炉灶上面调制气味奇怪的糖浆、汤药、药膏、糊剂等。我睁大双眼，不知该看什么，彻底惊呆了！

"过来，安吉丽科小姐。"药剂师说道，他的头藏在一个巨大的陶瓷罐后面。

他无比仔细地为我涂抹了各种药膏，并承诺我星期六就会痊愈。

星期六？我惊了一跳。他怎么会知道？也许是夫人告诉他的……四天后，我将得到国王的正式接见，或者说，星期六是我正式步入宫廷的日子。写下这几句话的时候，我握着笔的手在紧张地抽搐。就像对待其他所有对我来说沉重的事一样，我努力把这件事抛到脑后，不再去想。

12月1日　星期五

不再去想？我在重读昨天写的东西。你必须得想！清醒清醒吧，安吉丽科！行动起来吧，假如你不想被你最大的敌人——恐惧用铁腕扼住咽喉，直到窒息！

我被这股决心激励着，脚步轻盈地朝阿涅斯家走去，这将是最后一次试穿裙子了。再做几处小小的修改，明天上午就可以完工了。之后我又转去亲爱的莱奥纳尔家，他让我复习了一个月以来教给我的所有舞步……

朵琳娜双手叉腰，站在楼梯顶端眼巴巴地盼我回来。

"您终于回来了！我还以为您再也不回来了呢！"

发生了什么事？我十分惊讶，让她继续说下去……

"今天上午，一位黑衣打扮的男士登门拜访，想要见您，他像是律师之类的人物。我让他耐心地等待，可是最终他等得不耐烦了，走的时候说还会再来……"

真奇怪……这男人是谁呢？他来做什么？他是怎么找到这儿的呢？谁派他来的？这事会不会跟教母有关？

正在琢磨着这些问题时，我忽然意识到教母离开已经一个月了。仿佛是很久远的事了！至今也没任何消息！我的心突然一紧。我好想她。准确说这是一种残酷的思念。我是如此孤独……

幸好还有你可以倾听我的所有心声，我的日记本，你是我唯一的慰藉和最忠诚的伙伴。

12月2日　星期六　晚上11点

我的太阳穴由于激动还在"突突"直跳，我的脑袋里全是刚才演奏过的音乐，我的脚好像走过几十公里地一样酸痛。今晚是如此兴奋，以至于我现在仍然浑身发烫。我脱掉裙子，往壁炉里添了一根木柴，火苗劈劈啪啪作响，散发出一种温柔的热量，我又开始提笔写字了。我感觉自己再也停不下来了！

安吉丽科，你成为了一位真正的宫廷少女！（在写这句话时我兴奋地咽了一下口水）你成功地通过了升级考试！仿佛一块石头落了地！因为之前太害怕这一刻的到来，此刻我感觉自己长大了，还变得像一根鸵鸟毛一样轻！

幸亏有安娜、艾蕾奥诺尔和亨莉叶特像大姐姐一样关照着我。正当几乎和我一样紧张的朵琳娜帮我系着紧身背心后面的束带时，她们三个列队出现了，因感到自己光彩照人而兴高采烈。她们个个都穿上了最漂亮的行头，我被三条拖着长长裙尾的昂贵天鹅绒裙围在了中间。在优雅胸衣的衬托下，她们的蜂腰展露无遗。真是太美了！我跟着她们，小心翼翼地走下楼梯，还不太习惯脚上的舞鞋，更难适应每处都窸窸窣窣作响的绸缎长裙。我的嗓子几乎连音都发不出来了，手里全是汗。我跟在她们后面，穿过一间间相连的大客厅，脑中一片空白，直到突然听到小提琴合奏的声音。我因为害怕而全身僵硬，只得停顿了一会儿，闭目稍作休整，然后才走进了名为"阿波罗"的舞会厅。

密密麻麻的人群围绕着国王，他身边还站着一位贴身侍卫。艾蕾奥诺尔指给我看。我的心跳得前所未有地快，呆在门口踯躅不前。

"安吉丽科！"

我立刻认出了让娜-玛丽和阿尔芒德，为了与我会合，她俩正在奋力穿越人群，正在这时，人群散开了，先生和夫人要进场了。帕拉丁公主朝我的方向看过来，并径直走了过来。

"您今天真美啊，小安吉丽科！"她满面春风，大声说道，"我从我的好医生西蒙先生那里听说您的伤口已经痊愈了。过来！我要让国王见见您……"

大臣们纷纷退后，为她让开了一条道，几百道目光立刻向我身上投来。

亨莉叶特轻轻地在我耳边说了一句鼓励的话，我便像一个马上要被处极刑的死囚犯，跟着夫人向前走去。这几步路是我人生中走过的最艰难的一段！

"陛下,这位是安吉丽科·德·巴尔雅克,我的新任女官,也是我亲爱的艾米莉·德·圣马可的亲戚!"在一片寂静之中,夫人男人似的声音雷鸣般响亮。

国王缓慢地转过身来。当他抬头看我时,张开嘴冲我微笑了一下。太恐怖了!他更像是做了个鬼脸。他下排的牙全坏了,而上面,则是一个巨大的黑洞!国王的牙几乎掉光了!

我低下头,尽可能优雅地在他脚下行了个礼。此时,小提琴再次奏响,国王拍拍手,向在场所有人喊道:

"舞会开始了!"

人群立刻骚动起来,我趁机缓了缓神……我的双腿比棉花还软!在大厅的深处,一队舞者已经列队站好了。让娜-玛丽和阿尔芒德就在其中,她们冲我做了个小手势。从这一刻开始,我究竟与前来请我跳舞的骑士们连续跳了多少支小步舞、加沃特舞和四组舞,已经完全不记得了。我只感觉地板已经在我脚下消失,我轻盈地舞动着,飞扬着,在一曲没有尽头的舞曲中不停地旋转着,仿佛是一场梦……一曲神话!

当小提琴戛然而止,我尚未明白这其实是结束的信号。国王离场了,舞会结束了!

艾蕾奥诺尔和亨莉叶特看到我失望的表情,不禁大笑起来。

"不要伤心,安吉丽科,以后还会有其他的舞会和更多跳舞的机会!"

此时,我的眼皮已经困得抬不起来了。以上这篇汇报,于我仿佛一杯安神茶的功效,现在我可以平静地睡去了。

12月3日　星期日

今天是将临期,即圣诞节前四个星期的第一个星期日。许多人都来参加弥撒,听布尔达鲁神父的布道。我用心地祈祷着,并决定在等待耶稣降临的这段时间,做出一些有益的决定。可是再怎么努力我都没办法忘却,没办法恢复理智,我就是做不到……你究竟有什么事做不到?玛歌特一定会这样问我。

有些事太难表述,太难传达,但我仍在不懈地努力。我内心燃起了一腔怒火，在我胸中膨胀，以至于在某些时刻阻断我的呼吸。神父在布道结束时所说的话令我无比愤怒，依然是关于"胡格诺派教徒"（新教徒）的。他称其为"迷途的狗"，正在被努力地改造。又把他们形容为狂热致力于抛弃主教、圣人和天使的"顽固的宗教分子"。难道说他们的天神老爷与我们的不是同一个吗？

纵使翻遍弥撒经本和祈祷书，也找不到解释我疑问的答案。上面只有耶稣宣扬和平、博爱和爱心的语录。也许我再多读几遍，这些话就可以让我的内心平静下来。

12月5日　星期二

我曾经做梦都想见到她，如今梦想终于实现了！我看到，甚至接近了这位被冠以各种雅号的人物。她所到之处引发所有人争论，她让宫廷分为两个水火不容的阵营。她就是：德·曼特侬夫人……

我是在昨天参加我的首个寝宫晚会时见到她的。安娜第一次没有跟艾蕾奥诺尔和亨莉叶特一起出现，她十分轻松地拉着我的手，带我穿过七个连续排列的大客厅，从十月到第二年复活节，国王允许这里每周开放三次。"我们所有的一切都是民众赋予的"，他总把这句话挂在嘴上。里面真是人山人海！

我认出了阿波罗厅，我就是在这里被国王接见的。里面有一个巨大的白银宝座，我不禁纳闷为什么上星期六我在这间屋子待了好几个小时都没有看到它。

"快点，我们快去狄安娜厅吧，听说国王正在打一场激烈的台球比赛！"

我跟着安娜穿过了熙攘的人群，他们都是被比赛吸引过来的。大家站在台球桌周围发出一阵阵的欢呼。"噢！""啊！"和表示激愤的叹息声"唉呀！"此起彼伏。这些声音是坐在台上的女人们发出的。由于被站着的人挡住了视线，她们左右摇晃着身体，生怕错过一点点精彩的表现。这场景真是令人大开眼界：国王几乎躺在台球桌上，用一根长木棍瞄准台球。

人越来越多，安娜做手势叫我出去。我们又来到了玩卡片游戏的房间。在战神马尔斯厅，牌桌旁边人声嘈杂，我们赶忙逃走了。而在另一间水星墨丘利厅，情况也好不到哪里去！有一位很漂亮但疯疯癫癫的女人，声称一位侍女给她带来了霉运而将其赶了出去。同时她强行要求换个卡片游戏。

"显而易见，这些卡片都被做了手脚！"她满脸通红地叫道。

"这位是德·蒙特斯庞夫人。她是个常败将军。"安娜悄悄地在我耳边说。

在维纳斯厅，我一眼就认出了夫人的背影。她正在忙于品尝各式甜点：在银盘上堆成金字塔形的蛋糕和糖果。真是个贪吃鬼！我歇息了一会儿。感觉有些不舒服，便溜进下一间客厅，男仆们正在畅饮装在大银壶里的各种冷饮。一名男仆递给我一杯酒，我正准备接时，安娜突然对我说：

"你身后，曼特侬夫人！"

我转动着好奇的眼珠。一瞅到机会，我便转过身去仔细端详她。

离我几步之遥的这位夫人优雅而低调，安静而得体，她身上散发着一种不能说是严肃，而是冷若冰霜的独特气质，且充满神秘感。我的脊背不禁一阵阵发凉……

她到底是不是传说中的国王的秘密妻子？不管怎么样，她却一定是"德·曼特侬夫人"，人们流行这样形容她："操纵一切的机器"。她工于心计，精于算计，擅长拉帮结派，推波助澜，极富耐心地编织着自己的关系网。"我们务必当心此人！"夫人经常向忠于她的人这样交待。

12月7日　星期四

今天下午，我很荣幸地陪伴夫人去花园里散步。虽然天气很冷，我只能躲在我的呢绒斗篷下瑟瑟发抖，但我一点也不后悔！

先生不愿意一同出去，跟夫人说了好几遍他虽然很喜欢花园，但更欣赏的却是他夏天寓所圣克洛城堡中的花园！

夫人却急切地想要出门呼吸新鲜空气。她当着众人的面，在冰冻的平地上令人瞠目结舌地滑倒了好几次。国王看起来心情很好，向她走去。

我把所听到的对话内容记录如下：

"夫人，您愿意陪我回去吗？"国王问道。

"陛下，我将无比荣幸！"

"您难道一点儿也不冷吗，夫人？又开始结冰了！"

"啊！陛下，虽然结冰了，但只有'母猫的屁股'①才不愿意陪您回去。"

先是一阵沉默，紧接着是几声爆笑。是国王的笑声："哈，哈，哈，哈！……"然后这笑声像波浪一样传开了。先是他们身边的人，再向周围扩散开去……

被迫跟来的先生向他妻子走去。他似乎对夫人

---

① 夫人本意想说"只有'双腿残缺者'（cul-de-jatte）才不愿意陪您回去"，但由于她的日耳曼口音，她发成了"cul-de-chatte"，意为"母猫的屁股"。所以引起哄堂大笑。——译者注

适才的口误非常不悦。他抿紧嘴唇，问道："您是说'双腿残缺者'吗？"

"夫人说的是'母猫的屁股'。"国王接他的话回答，"您可不要嫉妒您妻子幽默的口音哦！我与你的夫人感情很好。"

先生被国王态度的一百八十度大转弯搞糊涂了，转身走开，去默默领会这番羞辱。而夫人却是无比欢欣，眉开眼笑地站在丈夫的哥哥身旁。她简直到了云端！

亨莉叶特当时也在场，她把我拉到一边：

"你难道看不出来她爱着国王吗？太明显了！"

而我却疑惑不解。就在刚才，国王对她表示出青睐，她为什么不引以为豪呢？

"我确信她把这个秘密深藏在自己心底，永远不会告诉别人。"亨莉叶特补充道。

尽管如此，这个小插曲还是以迅雷不及掩耳之势在花园内、宫廷里和城堡中被传开了。整个晚上，人们唯一的话题就是这令人捧腹的"母猫的屁股"。

12月9日　星期六

温暖的小房间内只听得到木柴劈劈啪啪燃烧的声音，我漫不经心地翻阅着以前写的日记。我开始仔细回想来到这里之后所经历的一切。无论如何，我也不想再回到从前！虽然没了教母的消息我很难受，虽然有时我不得不忍受孤独，但是我对这里的感觉一天比一天好了。的确，我必须无时无刻不在演戏，不论发生什么都要保持优雅的姿态，还要心甘情愿地接受主人们严格的要求。但假如不这样，我的命运又会如何？就像大多数和我背景相似的年轻姑娘那样，进入修道院，然后等着嫁人？仅仅做个假设，我就起了一身鸡皮疙瘩。

12月11日　星期一

我仍然不住地颤栗，手几乎无法写字。在我面前，有一大叠文件成堆地扔在我的床上。

这些文件像是从没被人打开过，无辜地躺在那里。可是对于我来说，它们的到来仿佛是当头一棒。我的心怦怦直跳，只好努力深呼吸以平复我紧张的心情。

朵琳娜总是有窥探的嗜好，刚才她又在敲我的门，还把头从门缝里伸进来。她想知道今天上午那位律师模样的男人再次登门是为了什么。

"假如这是些非常重要的文件，我建议您不要把它们留在房间里。这里虽然是王宫，但其实人们好像进出磨坊一样随便。所以偷盗者横行也就不奇怪了，他们见什么拿什么！"

她拉着我的手，带我去了她住的阁楼。她把床抽了出来，揭开两条木板，里面藏着她所有的宝贝。

"您也应该这样做！藏在这里或者您自己的房间，才更安全！"

说完，她走近我，开始仔细打量我。

"看您这个脸色，他带来的一定不是什么好消息！"

她怎么可以这么鲁莽？我气愤难当，脸都憋红了。由于她到处窥视，所以我根本不想再听她说一句话，更不想跟她交谈！

于是我回到了写字桌前。我的脑子一团乱麻，我该怎么做才能理出个头绪，并把整件事情叙述完整呢？

"告诉我所有的事，从头开始讲起，一定要慢慢地说，这样才能平静下来！"每当我惊慌失措地跑进厨房时，玛歌特总是这样笃定地对我说。

那好吧，我要一边使劲地想着她，一边努力地表述清楚。

真是的，亨莉叶特又来敲门了。夫人让她来叫我去和菲利普做对话练习。我不想让她看到这些摊开的文件，便让她在走廊里等我。我一会儿再继续。

晚上八点钟

尽管天色已晚，我的脑袋比先前更清楚了。对于你，亲爱的日记本，我可以毫无保留……

今天早上，那位律师在朵琳娜的陪同下来到了我门前，并请求进来见我。一看到他一身全黑的打扮和阴郁的神色，我全身都冰凉了。

"我可否有幸向萨缪埃尔·德·巴尔雅克和玛尔特·德·苏兹之女安吉丽科·德·巴尔雅克陈言？"

此人的到来就是个不祥的预兆，他到底想干什么？

"请允许我冒昧地告诉您一件事，小姐，由于德·苏兹家族的最后一位继承人，也就是您的一位表哥前不久不幸离世，现在您便成了整个家族唯一的后裔。"

"我不知道。"我一面平静地说，一面在想他提到的是哪位陌生的远房表哥。

"他临终前，请他的律师把这些属于您家族的文件全部交给您。我作为代理律师请您收下这些文件。"

他把手伸进斗篷的口袋，拿出了一大袋用细绳系在一起的信件。

"请您在这页纸的下端签上您的姓名，以证明您已收到这个包裹，这是敦促我完成这项使命的我的同仁所写的委托书。"

我照他说的做了，同时眼睛不离他如此慎重交付的物品。他小心翼翼地把文件放在壁炉的小台子上，然后就离开了，而我，仍呆呆地盯着这一大堆纸发愣。

我把这包信件翻过来转过去，然后解开了那条细绳，就着蜡烛颤动的光线，把每张纸一页一页地翻开。被打开的纸页散发着长时间封闭的味道，还有一部分封了印，从未被打开过。我要不要将它们拆开呢？有一些公证书上提到的不动产的名称我连听都没听过。一些难以辨认的声明，一些字迹已模糊不清的合同，还有一些更小的封了印的信件，我决心将其打开……

我的视线渐渐模糊了。尽管我顽强地抵抗着疲惫，但无奈战胜不了睡意。一阵困倦袭来，我的眼皮仿佛上了铅一样耷拉下来。没办法继续了，先写到这儿吧。

凌晨三点钟

睡意仿佛在捉弄我，我现在感觉就像大白天一样清醒。我在房间里踱来踱去。夜正黑，建筑物巨大的阴影显得异常惊悚。幸好有这样一束我刚刚点亮的微弱烛光，以及想要一鼓作气把事情讲完的欲望。我接着前面的写……

我打开的第一个封了印的文件上写着我的名字。这是我的洗礼证明。我自己也有一份相同的。那是离开巴黎那天教母交给我的，以防不测。我眼前这份也许是原件的复印件……但它又是如何辗转至一位从未谋面的表兄手中的呢？真是个谜……

另一份文件我也是半懂不懂地读完了。我认出了父母的签名，签在他们皈依天主教证明书的底端。

我的手不由得颤抖起来。将这页纸靠近蜡烛，仔细阅读手稿的同时，我感到无比压抑，一种复杂的痛苦情绪涌上心头。一个月之前教母向我透露的秘密，忽然一下子击中了我灵魂深处。我想象着我的父母背负着垂死的灵魂，在坚持新教信仰的意志和保护我的愿望之间痛苦地挣扎。这一天是1671年7月20日，我出生之后第五天，我的洗礼日之前五天。若要我成为天主教徒，必须他们首先变更信仰。我可怜的父母啊，这些是怎样的折磨！

不止有这些。最后一个封印的信封里装有一封信，是妈妈娟秀、潇洒、优雅的字体。打开信的时候，一枚圆形镶金圣牌滑落出来，掉在我的桌子上。我从没见过这样的东西！我把它放在手心仔细端详。一面上有一颗红色的心，周围是白色的花瓣。另一面金色的底上精致地刻有两个大写字母：S.B，这是什么寓意呢？

妈妈的信的内容让我更受震动。信是写给一个叫路易丝的人（这是一位亲人？还是朋友？），妈妈在临终前托付给她一项任务。妈妈让她把这枚圣牌交给我，它是新教的象征，是一位在尼姆的金银匠赠送她的，他叫约瑟夫·雷欧本，是我们家族的世交，被选为我的教父。妈妈还透露了我出生时的名字：萨拉。她用了大写字母。"这是一个直接从《圣经》里摘出来的名字"，妈妈这样写道，"考虑到我女儿出生之后将遭遇的恐怖形势，"她继续写道（我把这段话完整摘录下来），"我们被迫做出了发誓放弃新教信仰的决定。几天之后，我们的女儿接受了天主教的洗礼仪式。而萨拉这个显得过于'新教徒'的名字，不得不被改掉。我们选择了安吉丽科。"

我立刻把圣牌紧紧握住。那字母缩写原来就是我，S.B，即萨拉·德·巴尔雅克，我的第一个名字！

我心中情感激荡……不禁头晕目眩。我必须去睡觉了。我要把圣牌放在枕头下面，这样就一定能安然入睡。另外，我要发誓，不论日后发生什么，我都要永远将它珍藏在身上。

12月12日 星期二

如何才能从慌乱中平静下来？如何才能让被这些信重新撕开的伤口愈合？该去哪里寻找慰藉？又该向何人诉说我的痛苦？这些问题从早到晚在我脑中翻涌，却没有任何答案。我已经疲惫万分了。每想一次，眼泪就决堤一回。我还是去睡吧。但我先要做一件事：为我这些珍贵的文件找个藏身之处。今天晚上，我想起了朵琳娜的建议。她是明智的。这样的话，我离开自己房间的时候就更放心了，尽管附近有女看守员的监视！

12月14日　星期四

今天早上，我参与服侍国王起床。如果是几天之前的我，得知女主人赐予我这项巨大的荣耀，一定会拍着双手，兴奋得脸红心跳。可由于我至今未能从巨大的情感冲击中走出来，听到这消息，我只是略感惊讶，冷静地接受了。一场排练好的演出，一套每天重复的例行仪式，参与的人都好像木偶一样，当然除了至高无上的国王，只有他在心甘情愿地投入表演。

"盛大的起床仪式是绝对必要的！"夫人这样宣称，"第一侍从会亲自指导您的，他已经得到通知了。"

听到这些话，我猜想国王的起床绝对不是一件简单的事。而亲身经历之后，我才真正地有所了解！

迅速钻进人群，低调地挤上前去，最终看到挂着两副门环的大门从半掩到打开，再到关闭，以上便是我完成的第一项任务。当我终于成功地向掌门官报上姓名，一切便快多了。在一片沉闷的气氛中，只听见人们小心的说话声和贵重衣料窸窸窣窣的摩擦声，我终于来到了国王身边。再自然不过，他已经被一百多人所包围，穿着睡衣，小口小口喝着他的晨起汤。又一队人走进卧室，我快被挤扁了。接着，国王按照一套严格的规程开始穿衣。先是衬衫，从寝宫第一男仆、侍从长、大太子的手里按顺序传上来，最后由第一侍从帮忙穿上。这太容易弄错了！然后是领带、上衣、齐膝紧身外衣和假发。室内越来越热，一片寂静之中，服侍人员数量不断增加，每个人走路时都不敢发出一点声音。国王跪在床边两个大垫子上做祈祷。半刻之后，他起身拿起手套，手杖和帽子，朝门口走去……

我终于松了一口气！可以大口呼吸了。人群一散去，我就赶快抚平了裙子上的褶皱……真难以想象每天都是如此！

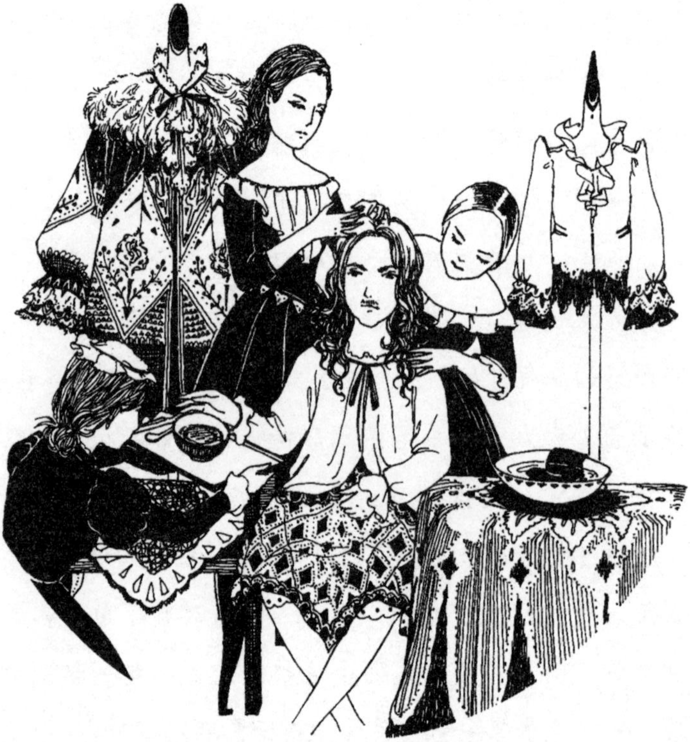

国王生活中任何一个平常的瞬间都像是一场演出，而且每个人都得竭力参与，甚至包括王侯将相和他自己的家人！

12月17日　星期日

今晨的弥撒让我无法保持淡定。我脑中有那么多的东西在相互碰撞！这个现行的宗教怎么样才能让人完全信服？

这么多年来，这个宗教一直是我的信仰。我以再自然不过的方式接受了它，以为它是我的家庭所信奉的。但是事实上我的父母皈依于此并不是出于信仰。他们被迫做出这样的选择，想要达到保护我的目的，因为早在1671年，他们就预测到宗教迫害将愈演愈烈。所以他们这样做，唉，是受到了强逼和胁迫（妈妈在信中的用词是"恐怖形势"）。我现在终于了解了！

在强压之下，我成为了天主教徒。在写这句话的同时，一阵巨大的寒流穿过我的全身，因为这一切让我无法忍受！既然妈妈专门托人来告诉我这些，她肯定是有着极深的用心！首先，她想让我知道真相。其次，她希望我忠诚于新教。她也许没考虑到这样做有多大的风险。但是我越思索，就越确信这是她的心愿。我亲爱的妈妈！

当神父在弥撒结尾满脸堆笑地宣布，越来越多的胡格诺派教徒已转变信仰时，我不得不咬紧牙关，生怕自己忍不住叫出来。他到底知不知道这些转变是在怎样的情形下实现的？

18点钟

我再次提起笔，心想夫人刚才派我带孩子们去散步，尤其是去动物园，可真是一件大好事。之前累积在我心中的那些折磨人的情绪忽然一下消失了。一看到吃过晚饭的莉兹洛特和菲利普，我的心就轻快了。我陪着他们度过了一段欢乐的时光。

自从来到这里，我还从没在花园里走这么远。载着我们的马车颠簸了好长时间，穿过条条小道，最终到达这个奇特的地方：一座雄伟的圆顶宫殿，周围环绕着七个小庭院。菲利普很乖巧，他认出这是去年夏天他来过的地方。而莉兹洛特，简直像一只被解开锁链的小野兽！当我们走进一个又阴又冷的洞穴时，她紧紧握住我因为害怕而发抖的手。然后，在可以观察到所有动物的二楼阳台，她一边欢快地尖叫，一边拍着双手，甚至还从阳台栏杆上探出身去。我简直不知该怎样才能抓住她！菲利普认出了鹈鹕，鹤……还有鸵鸟！我们的肚子都快笑破了！它们左右摇摆着长着稀疏羽毛的屁股，伸长脖子，神情严肃地闭上眼睛，真是太滑稽了！要是国王看到这情景，也会欢喜不已的。而我，现在回忆这些的时候，又情不自禁地笑了……我一定要再去一次！

12月18日　星期一

夫人和先生今早出发去巴黎度圣诞了。

"我一点儿也不想去!"她昨天来接孩子时这么跟我承认道,"王宫看起来灰暗得让人直想哭……"

"您会和我们一起去吗?"莉兹洛特把她的小手放在我手中,问道。

"安吉丽科要留在这儿,我们很快就回来了……"帕拉丁公主回答她女儿。

就这样,我又成了一个人,焦虑再次袭上心头,让我不知所措。一遍遍读着弥撒书的内容也无济于事,我从中找不到任何慰藉……

我需要一本圣经。也就是所谓的胡格诺派教徒的枕边书。它被翻译成了法语。我记得从教母的口中听到过……可是如今我身在凡尔赛,怎么才能得到一本呢?完全不可能!幸好,还有善良的西蒙先生……夫人走后,我去拜访了他。虽然他正在书桌上埋头阅读,但还是看到了睁大双眼到处张望的我。然后,他带我参观了他神秘的洞穴,里面的橱架上整齐排列着一百多个贴着拉丁或法语名称的容器。我先是发现了一个放着药草(医用植物)和香料的角落,然后开始读标签:狼肝、狼肠、麻雀脑、象牙、白斑狗鱼下巴。下面一排还有蝎子、蟾蜍、蚯蚓、蜥蜴和蚂蚁！

"啊，安吉丽科，您在观察这些宝贝呐！"西蒙医生走过来，大声说道。

他拿起标着"毒蛇肉"的罐子，打开来。我屏住呼吸……真令人失望！不就是些灰白的粉末吗，没什么特别的！

我喜欢这个地方。一走进这里，那些沉甸甸压着我的东西都不翼而飞了，远远淹没在药品、气味和制药工人的动作后面……

12月22日 星期五

今天一天都冷得要命。放了好多木柴在壁炉里也没用。冷风狂啸，到处施威。我怎么都暖和不起来。朵琳娜看到我回来时冷得直发抖，赶忙给我端来了一碗热汤。

"您傻了吗，安吉丽科小姐？今天这种天气您怎么敢出门？石头都要冻裂了！您的教母假如在的话，一定会阻止您的！"

朵琳娜总有本领让我神经紧张。她随时都不忘提及教母，但这实则是她的无知之举。正是因为天寒地冻我才出去的！

"大太子决定把雪橇套在马车上在大运河上滑冰。他说'我们欢迎所有有勇气挑战寒冷的人'。你想和我们一起来吗？"好心的阿尔芒德今早问我。

我喜欢这个提议。我的朋友们没有忘记我，而且乘着马车滑冰这种新潮的运动很合我的胃口。

在码头，全身上下包裹得严严实实的王太子邀请我们坐上其中一个雪橇。一共有四个雪橇，可以容纳12个最勇敢的人。雪橇前面是正在喷鼻息的马，它们的鼻孔中呼出长长的白气。马蹄打着弯，因为被钉上了防滑铁钩而使它们感觉很不舒服。

我们蜷缩在一起，仿佛置身于瑞典或者奥地利的皇宫，体会着冬天的快乐。

雪橇的铁条擦在冰面上吱吱作响，一排排撒满雾凇的树连续向后退去。仿佛在仙境！寒风割过我们的脸，但我并不觉得疼。它将连日来撕咬着我身体的痛苦一扫而光。这次滑冰让我快乐无比！

12月24日　星期日

我感冒了。昨天，我发着高烧在床上躺了一整天。朵琳娜用心照料着我。她一面给壁炉添火，一面在她的小炉子上给我热各种汤和药，不停地来来去去，我只能努力地张开嘴……

我得停笔了，因为已经没有力气写下去了。手在颤抖，脑袋感觉好重！我得再回到床上去。这也许是最明智的做法。

12月26日　星期二

这个圣诞节太悲惨了。我是在朵琳娜的照料下，躺在床上度过的。她告诉我，12月24日和25日整整两天，国王都待在小教堂里。还好自己躲开了这项苦差事！

这几个小时我感觉好些了。可能要归功于夫人的两位医生给我开的药，他们今天上午过来看了我，样子非常专业。

"您的高烧，小姐，是由于肋部滞留的细菌活动、繁殖引起的腐败所致。您必须先接受一次灌肠，再抽一次血，才能把血管中腐败的血液清理掉。"其中一位医生这样说道。

于是他们给我进行了一次灌肠和一次抽血治疗。

随即进来一位外科医生，我只能任由他们摆布。他手持一只针筒和一根很粗的灌洗器，一脸凶相向我逼近。我面朝墙壁，紧闭双眼，紧咬牙关，等他们完成任务……

朵琳娜告诉我一个好消息：夫人今天下午从巴黎回来了。

12月27日　星期三

我整天都待在房里，感觉自己极为疲惫，好像步行了几十公里一样。我又开始发抖了，脑袋就像被一把虎钳紧紧钳住。朵琳娜时不时过来看看我。她皱着眉头，露出疑惑的目光。她一脸担忧……

12月30日　星期六

我感觉自己重新活了过来。我在房间里走了几步，已经好多好多天都没出过门了：仿佛一个世纪！

"不要累到自己，小姐。您总是习惯写啊写，这样会让您筋疲力尽。上天保佑，您可千万要当心自己的身体啊！"朵琳娜轻声在我耳边说。我在病中得到了她尽心尽力的照料。多亏有她在！

整整三天，我完全不知道发生了什么。只记得一些脚步声、说话声，以及几张凑近我的脸：有夫人，还有西蒙先生……

西蒙先生今天上午又来看我，他想知道昨天开的金鸡纳酒到底有没有起效。

"我对这种英国产的粉末相当有信心，它对各种原因导致的高烧都很有用。您正在慢慢被它治愈，我很确信！"

接着，他俯下身来，悄悄地告诉了我一个令我发抖的秘密。

"亲爱的安吉丽科，昨天，您在发烧昏迷之中说了一些奇怪的话。您提到了您的父母，他们信仰的新教，还有一个叫萨拉的人。您在提到这个名字的时候，看起来非常焦躁！"

然后他把手放进口袋，递给我那块圣牌。

"它掉在了地上。我把这朵路德玫瑰还给您，同时给您一个建议。把它藏起来，不要再提及您的胡格诺派教徒家庭。我们所在的地方是凡尔赛，只要稍微提及此事，就会倒霉……"

"西蒙先生，您怎么知道这块圣牌就是路德玫瑰呢？"我立即反问道。

他一言不发地转过头，话锋一转谈起了夫人：

"您还记得吗，夫人曾在这间屋子里大发雷霆，墙都要被震塌了！"

接着，他提高音调，模仿起了夫人的口音：

"我的女官刚来的时候健健康康的，如今却危在旦夕。王太子，我那侄子的脑袋里到底在想些什么，天气冷成这样，却要带她去滑冰！他就应该去捉狼，他平时不就喜欢这个吗？"

我大笑了起来，他很满意达到了这个效果，便起身告辞了。

"下次，该轮到您来看我了！"

到那时，他会不会跟我多说几句有关的话呢？

1685年1月13日　星期六

时光飞逝，我才意识到自己把你冷落了，亲爱的日记本。但确实，那场高烧过后，我还是非常虚弱，每天匆匆吃完晚饭就撑不住上床睡觉了，没有力气熬夜。

女官的工作要求很严格，容不得我喘一口气。尤其在这个时候，整个宫廷都被卷入一场狂热的节日漩涡之中。

"您觉得惊奇吗？每年都是这样的！"看到我累得直喘气，朵琳娜告诉我，"国王想让他的宫廷在每个斋戒日前，都能好好地玩乐一番。接下来，三月份会有一次斋戒！"

我想想就觉得头晕。各种活动以一种令人目眩的节奏轮番上演。第一天晚上，一起分吃三王来朝节饼，第二天晚上，在大马厩圆形表演场上演吕利的歌剧《罗兰》，紧接着，一场假面舞会，之后，又是一场喜剧……

"根据礼仪，你们必须到场，小姐们！尤其在王太子妃生病的时候。国王总是叫我'代表'她的位置，这是他的说法。但是老天啊，他真是不知道我快被烦死了！"

既然如此，就像安娜、艾蕾奥诺尔和亨莉叶特一样，不管乐意不乐意，我都得听从命令。

药剂师西蒙先生友好地接待了我，他总是带给我无限的快乐。我一走进他的药房，就感觉自己远离了宫廷的喧嚣。我喜欢这里的简单、安静，喜欢这里的气味，和制药工人们的一举一动。而我最喜欢的还是西蒙先生的态度。他从眼角观察着一切。他乐于指导，经常起身帮助遇到困难的学徒，坚定地开出药方，并有一种让人非常安心的沉着的气质。

他允许我越过他的肩膀观察他用来放置干叶子和花骨朵的植物标本集。"我的宝藏！"他说着，眼中闪烁出快乐的光。

当我在他身旁时，他让我心安，而且我知道他在用某种方式保护着我。虽然他没有再提，我却明白他分享着我的一小部分秘密，正因如此，我才不自觉与他亲近。某一天，他会主动跟我开口谈那件事吗？

1月24日　星期三

我从没亲身参与过这般盛事！节日气氛之浓，如若不是亲眼目睹，这绝对是难以置信的！

每天白天的时间都忙于准备晚上的节目。尽管夫人因为厌倦提早就打起哈欠，但唯有她一人如此！

无论在走廊，候客厅，还是大客厅的角落，都能听到人们窃窃私语，交换各种秘密的声音。他们到底在干什么？原来是在讨论该如何在下一场化装舞会或假面舞会上亮相！

整个宫廷都疯狂了。尤其是国王身边的年轻人。平时沉默温顺，对父亲的意志言听计从的王太子殿下成了引领盛会的人物。他走到哪儿都不忘带上他那不怎么情愿的夫人，即王太子妃，她和即将迎娶国王女儿的波旁公爵跟在他身后。他们在大寝宫中间鱼贯而行，奇装异服让所有的人都迸发出惊讶和艳羡的叫声。

有天晚上，王太子殿下以蝙蝠的形象出现，而谁也想不到他的队伍中那位打扮成阿尔萨斯妇女的矮胖男人竟然就是波旁公爵！又有天晚上，王太子殿下装扮成威尼斯贵族，而王太子妃连同所有随行人员全都打扮成鹦鹉的模样！

昨晚，所有人都必须戴上面具。我也得蒙着面跳舞，这块布料饰物可把我给热坏了。不过猜面具后面藏着谁的游戏真是太好玩了。我通过头发及走路的方式认出了朋友们。夫人一出现就被认出了，因为她的造型总是那样奇特。我想她藏在面具后面也玩得很开心呢：可以尽情地朝着曼特侬夫人的方向抛白眼（尽管不情不愿，曼特侬夫人也必须参与游戏），可以在所有人眼皮底下打盹消磨时间却不被发现……

国王乐开了怀。他头上戴着羽毛帽，从一个厅串到另一个厅，不时地朝这个人笑一下，又向那个人致个意，显然对这一派欢乐的气氛非常满意。他喜欢人们游乐，欢庆他的荣耀。在华美的夜灯、烛光和灯笼的映衬下，一切都显得那么美！

1月27日　星期六

今天是圣安吉丽科节。早上一想起这个，心情就很沉重。谁会想念我呢？也许只有巴黎的玛歌特，以及这里的让娜-玛丽和阿尔芒德吧？

我忠诚的朵琳娜很早就来敲门了，手上端着一碗热气腾腾的汤。她踮起脚尖，在我脸颊上响亮地亲了两下。我好感动。然后她翻了翻口袋，掏出了一封封了印的信。

我忍不住惊叫一声。简直不敢相信！太出乎意料了！一封信！教母的信！终于！三个月前她离开，终于写来了第一封信！原来她并没有忘记我！

仅一眼，我就认出了她的字体。我乐开了花，激动得脸都红了，急忙坐下来拆开信。

朵琳娜马上就猜到了怎么回事。她站在门口好长时间，在等我示意让她退下。

我没用多长时间就把信读完了。信写得很简短，而且是一副陌生的口吻，疏远冷漠，几乎没有任何个人情绪。到底发生了什么事，为什么教母会以这样的方式给我写信，一副高高在上的样子？我一下子从快乐的顶峰跌倒了失望的谷底。有关于她朗格多克之行，她几乎只字未提。她只说她住在尼姆，正在不遗余力地寻找一位有能力捍卫她权益的律师（这是什么意思？）。她更未提及何时回巴黎，只是絮絮叨叨地问了好多有关于我宫廷生活的问题。我适应在夫人身边的差事了吗？我有没有得到夫人的认可？凡尔赛的大风和潮湿的气候有没有导致我生病？

教母的态度真让人捉摸不透，她还是我亲爱的人吗？为什么等了这么久她才给我写信？那位交给我家族文件的律师是不是她派来的？这项任务有什么意义？她写给我的字里行间又有何深意？

这封信又唤醒了时不时会来折磨我的疑惑、焦虑以及各种不解。这些情绪在我脑中翻转，却找不到任何解决方法。幸运的是，圣牌被我热热地捂在胸前，手中还握有金挂件，不远处还有那摞文件。这些都是我的宝贝：世界上我最珍贵的东西。

1月31日 星期三

几天以来我都沉浸在一种悲伤的情绪当中。我忽然感觉自己对于工作有点力不从心了。虽然夫人的爽朗和率真能时不时让我会心一笑。

夫人最近脾气不好，源于她对仇敌德·曼特侬夫人满腔的怒火。只要后者的影子一出现，帕拉丁公主就难以自控。她公开对德·曼特侬夫人吼叫，恶狠狠地盯着对方，听亨莉叶特说，夫人还时不时冒出几句诅咒："臭垃圾！老巫婆！脏女人！"

亨莉叶特还说，几个月以来，她对德·曼特侬夫人的仇恨有增无减。她指控其邪恶的罪行：私拆偷看她的信件；派她的间谍"蓝衣男孩"们跟踪王宫里最有影响力的人物；装出一副云淡风轻的样子，但其实极为热衷权力，精于算计。

"还不止这些！"亨莉叶特继续说道，"夫人最恨的就是她独占着国王，限制他只接见与她亲近的人，尤其是她自己。夫人因此很痛苦。"

夫人还说，她的劲敌最喜欢每天晚上把国王关在她的客厅。让他带着护耳坐在扶手椅里面，而她，手里握着刺绣，长久地和他对话，谈道德，谈宗教……

一段时间以来，我的确感觉到女主人神经绷得很紧。尽管她已经在尽力控制着怒火，但不时还是会爆发。这样下去，她会不会崩溃呢？

2月2日　　星期五

昨天，应夫人的要求，我参加了在王太子妃寝宫候客厅内举行的盛大晚宴。想起当时庄严的气氛，我至今还心有余悸。我要怎样才能每天晚上既在公众面前保持优雅的形象，同时还要满足自己最基本的吃饱的需要？在我眼中，哪怕是全世界最昂贵的美味佳肴也抵不上朵琳娜热在小炉上的一碗汤，或者是与宫廷侍卫一起分享的公共食堂的饭菜！假如教母听见我这么说，她一定气死了。但不管怎么样，这就是我真实的想法！

国王对自己和对家人的严厉要求压得人喘不过气来。每个人都必须从早到晚参与演出，必须服从于主人的任何意愿。这套既定的规程日复一日地机械重复着，最终导致人产生了一种极为厌倦的情绪。我绝对不能一辈子都受此压制！

国王对这一套得心应手。他坐在一把高背椅里，一个人独占餐桌的一边，而他的孩子们，他的弟弟

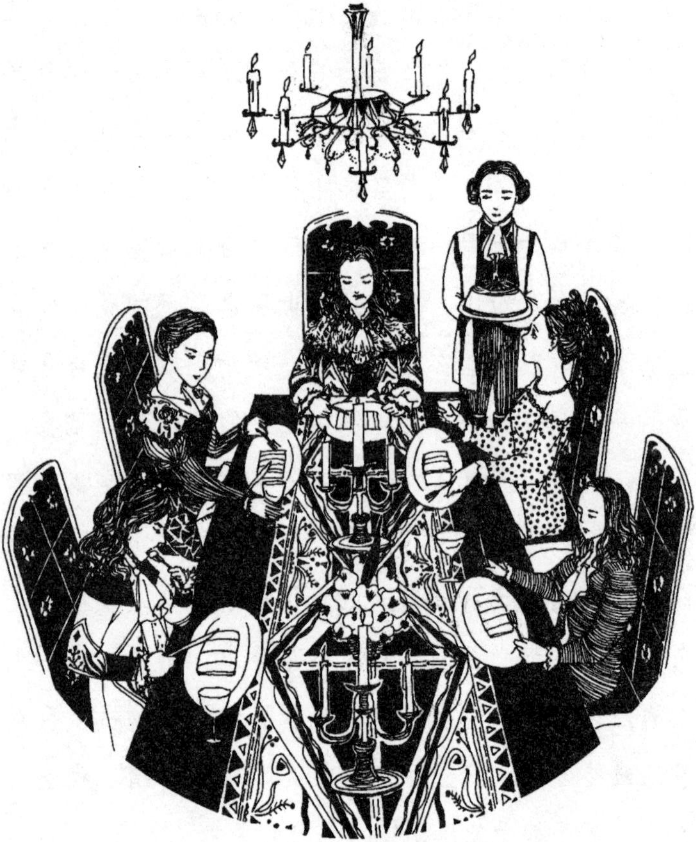

和弟妹，则分布在其余各边的折叠椅上。至于其他人，只能在房间内一动不动地站着，拥挤不堪，酷热难忍！但不管怎样，他们都在这儿随时待命，睁大双眼，不漏掉任何一个可成为日后谈资的细节……

仪式进行的速度极为缓慢，这使得每一个动作都异常重要。那些侍从、仆人和卫士们执行每个任务时的严肃劲儿真叫人叹为观止！呈上湿毛巾，托着装有封口玻璃杯的金托盘，把肉切成小块，换碟子……

第一道程序，上汤和前菜。在此期间，沉默的气氛令人窒息。接着，当肉被摆在餐桌中间时，气氛渐渐活跃起来。我和所有人一样目不转睛地观察着国王，他昨晚胃口大开。先是喝了四碟汤，接下来又喝红酒又喝水，然后，在夫人惊愕的眼神中，他又吞下了一整只野鸡，一只山鹑和一大盘沙拉。这还不算完！他又蘸着果汁和蒜末吃了好几片火腿和羊肉……夫人平日吃得并不少，但看到这阵势，不禁目瞪口呆。第三道程序是上甜食。每个盘子里都高高地堆满了蛋糕和梨，这是国王的最爱。而依旧全身挂满珠宝和饰带的先生则吃得很少。他拿刀扎了几块水蜜晚梨，心满意足地放入口中。

"这个品种的梨真是太香甜了，"他对自己的兄弟说，"拉坎提尼（国王果园的园丁）真有一手绝活！"

夫人赌气地撅着嘴。她急得直跺脚。她只等着一件事：国王从餐桌上起身，然后她行个礼，马上回到自己的寝宫。

2月5日　星期一

我刚刚发现一个惊人的秘密。房间的时钟才刚刚敲响下午五点钟，我就已经迫不及待地提起笔，要将此事记录下来。

今天一大早，我就下楼去了夫人的寝宫。她正被亲爱的孩子们及小狗们所包围。半路上我碰到先生。他从头到脚穿成天蓝色和白色，看起来像一个乔装成老大臣模样的巨大婴儿。当我看到夫人脸上愠怒的神色，几乎可以断定她刚被先生责骂了。

就在莉兹洛特向我张开双臂，狗狗们围着我跳上跳下的时候，我听到她跟女总管说：

"凡尔赛掀起了一阵血雨腥风！您能想象得到吗！国王通过先生的嘴告诉我，我与太子说话的方式太过自由了。还说我与德·孔蒂王妃图谋不轨！我敢以断手的代价起誓：这肯定是那老妖婆德·曼特侬夫人干的好事！"

女总管点了点头，承认凡尔赛确实与从前大不相同了：

"自从这个女人成了国王最宠爱的人，宫廷就开始像个坟墓。人们烦闷得要死，只有装出最哀伤的样子才能不被排挤！"

谈话就这样继续着，直到夫人开始四处找我。我趴在她客厅的地板上，脑袋伸在一把扶手椅下面，目的是为了寻找被一只狗叼去的莉兹洛特的布娃娃。

"安吉丽科！我的小安吉丽科，您在哪里？"

"我在这里，夫人！"我用几乎快断气的声音回答道。

我一边爬起来，一边把刚找回的宝贝高高地举起来：一只手里是布娃娃，另一只手里是一本类似弥撒经本的书。

夫人一下子扑向我，极为尴尬地叫道："我的《圣经》！我的《圣经》！"

虽然她是用德语发的音，我听明白了这是她的《圣经》。我把书交给她，她带着温柔的神情轻抚着书的封面。

"从小时候开始，这本书就从没离开过我！"

"可是，可是，可是……"我结结巴巴地说，"这可是胡格诺派教徒，呃……新教徒们的书啊……！"

她把眼睛眯起来，挤出一丝笑容。

"难道您不知道吗，亲爱的安吉丽科，我生来就是新教徒，因为我来自于德国的帕拉蒂纳！"

她坐进了大扶手椅，继续讲述着。我惊呆了，紧紧地盯着她的嘴：

"在这里，这不是秘密，每个人都知道，因为要嫁给先生，我不得不放弃了自己的宗教……"

她长长地叹了口气，接着说道：

"哦！这不是一件容易的事……前一天还是白的，第二天就变成黑的了……人们禁止我引用新教的大思想家路德和卡尔文的言论，要我承认教皇，相信神父嘴里所有的话，听拉丁语的弥撒……"

女总管走了进来。夫人停住了，她把《圣经》高高举起，然后靠近我悄声说道：

"我至今还坚持着我的小信仰，安吉丽科。人永远都忘记不了父母交给他的东西……"

我站在她面前，像雕塑一样直立着，刚才听到的这一切让我惊愕不已。这意味着，夫人，我的女主人，法兰西王国的第二贵妇，居然是受新教的教育长大的，而且像我的父母一样，她也被迫放弃自己的宗教信仰而皈依了天主教！

我立刻感觉心头涌起一阵暖流。我多么希望能一头扎进她的怀抱，亲吻她，并把几个星期以来折磨着我的情绪一股脑儿都倾诉给她听。但我还是克制住了自己，我向她行一个长长的礼，激动得双颊通红。

2月6日　星期二

自从昨天知晓了这个秘密之后，我再也坐不住了。脑中只剩下一件事：找机会单独和夫人在一起，向她坦白我的秘密。我相信她会倾听且理解我，还会替我保守秘密，不告诉任何人。她同样在疑惑中挣扎过。她也同样在国家的使命和忠诚于传承与信仰的义务中痛苦地纠结过。我要对她敞开心扉。她让我感觉是最值得信任的人。

2月10日　星期六

　　白天开始变长了，所以我可以省些蜡烛了。朵琳娜在蜡烛的供给上扣得很紧。于是我自己也偷偷地藏了一小部分存货。这样每天爬格子确实是非常费蜡烛。但这是我小小的奢侈！更是我的慰藉……现如今叫我如何能舍弃？

　　在上楼回房之前我去拜访了西蒙先生，在他的陪伴下，时间过得飞快。

　　我一进门，他就习惯性地露出灿烂的笑容，并请我坐到他身旁。他特别忙。

"您知道吗,自从金鸡纳酒连续治好先生和您的病之后,整个宫廷都为之疯狂了!人们奉它如神明,并且在饭前、饭中都把它当作饮料来喝以预防发烧。您看看,这就是金鸡纳酒的订购名单……我都供应不及了!来,过来瞧瞧……"

他带我向药房尽头走去。一个学徒正在用一根大木勺搅拌着大盆里的饮料制剂。

"这是红酒,里面浸泡着金鸡纳研成粉末的核。需要搅动二十多个小时,再进行过滤……"

药剂师话音未落,一位神情严肃的男子走了进来。我赶忙退后,眼睛却仍然盯着学徒看。

"让!让!请过来一下!"西蒙先生向学徒喊道,"让小姐接你的活!"

我丝毫没推辞。我俯在大盆上方,闻到一股酒的清香,然后抓住大勺,像一个专注的学生那样搅动起来。那位男子低声说着什么。

他走后,西蒙先生又走到我身边,告诉我这是德·阿甘先生,国王的第一医生。他来是为了给国王准备的一个药方备药：治伤口的药水与橙花水的混合物。这种漱口液专治国王患上的口臭。

我点了点头。这不是什么秘密：宫廷内人尽皆知。

❧

2月15日　星期四

我的心情跌落到谷底。我比其他任何时候都急需向夫人坦白……

今天上午，她去拜见王太子妃。几天以来，王太子妃由于腹泻，而足不出户，寸步难行。夫人命我在她探访期间等着她。我可不想像个木桩一样一动不动，便朝着大镜廊走去，无数的廷臣和游客都在那里闲逛，打发着无聊的时光。

和他们一样，我长时间地行走于绘满画作的穹顶下，之前那些脚手架已经被拿掉了。勒·布朗的画作显得那样光彩夺目。尽管脖子快扭断了，每个人都在饶有趣味地欣赏着画上的风景，尤其是那炫目的色彩！突然，我被一番从没见过的景象所吸引：银质的家具反射出金子的光芒。国王请来最优秀的金银匠进行了雕镂。摆放在不同地点的蜗形脚桌子、枝形烛台、柑橘木盆景装饰和矮凳，在镜中反射出众多影像，让这里显得如此庄严华丽。听说镜子的总数量有三百五十七个，且同时面向窗户。我走近窗口，视野绝佳，只见一片片开阔的花坛、树丛，以及在冬日的迷雾中无限延伸的大运河。

我正在贴着玻璃远望之时，忽然听到几句谈话，不由得竖起了耳朵。我身旁的这些大臣在热火朝天地讨论些什么呢？

"法兰西王国必须尽快铲除这条大害虫，还有这些与魔鬼订约的异教徒！……"

我不太明白他们的意思……

"……现在到处都在查封、拆毁耶稣教堂，这才是英明的决定！"其中一个人说，"连他们的小学和中学都不放过！"

我吞了口唾沫，惊愕不已。他们说的是胡格诺派教徒吗？

"我们的国王，"另外一人接着说，"隐密地追查全国所有革命者的名单……要将他们彻底驱逐，让他们得到狠狠的惩罚……必须得斩草除根，一击制胜！"

这些话听得我毛骨悚然。他们说的是真的吗？

"……另外，在普瓦图，"第三个人说道，"马里亚克总督已经和他的龙骑兵做出了表率：军队驻扎在那些顽固不化分子的家中，只要他们不同意转变信仰，就绝不离开。这个行之有效的方法已经在各处广泛实施了！如果这样还没用，家里的小孩就会被强行从父母手中带走，交于一个天主教家庭或者由修道院代管……"

我的心跳得越来越快，在写这些字的时候，恐惧又一次攥住了我的咽喉。

"这里面的廷臣们都好天真……他们只会一听到转化就鼓掌。却不知道只有通过强力才能看得到这些转化的结果。只有强硬到底，才能有最终的胜利！"

"安吉丽科！安吉丽科！"亨莉叶特穿过人群，边叫边找我。

我只好努力地跟着她走，内心早已被刚才听到的那一番话吓呆了。那是虚构的故事或是玩笑话吗？我无论如何也要告诉夫人。但今天是不可能了。夫人让人告诉我今天不用去当班了。于是我回到了房间，慢慢恢复平静。

2月16日　星期五　6点

天还没亮。但经过一个焦虑不安的夜晚，我还是决定起来。我的脑袋像一团浆糊，思绪无比混乱。

在躁动的睡梦中，我突然想到一件很重要的事：把这本日记藏起来。我不在房间时，无论如何也不能把它留在写字台上。假如有人看了我陆陆续续写下的这些东西，然后从中捕风捉影造谣生事，那我岂不是大祸临头了？

想想就不寒而栗……再加上天还很冷,火也熄了。我最好还是回到床上去吧。

2月20日　星期一

我终于找到机会与夫人单独相处了,但可惜时间太短。在与莉兹洛特愉快地玩耍了好一会儿之后,我终于鼓起勇气走到她身边:

"都是真的吗,夫人,那些关于胡格诺派教徒的传言?"

她原本坐着,手里拿了一封信,听到我这么说,她挑起了一边的眉毛,露出一脸惊讶的样子。

"您为什么要问我这样的问题,安吉丽科?"

"有人说他们顽固不化,所以要强行转变他们的信仰,还要把小孩从父母手中夺去……"

"嘘!"她连忙把食指竖在嘴边,"在这里可不能谈这个。"

她的声音越压越低，我不得不贴近她才听得到她说话的内容……

"这里到处都被安插了耳目，我万事当心。后果也许是不堪设想的！现在要谈这个，时间、地点都不对……再找机会吧，现在不行。"

住房大主管突然出现。我赶忙从女主人身边走开了。

她悄悄跟我耳语的那几句更加让我坚信千万不可掉以轻心。我必须提高警惕。

2月22日　星期四

新教徒遭到虐待，寒冬中，粮库好像也渐渐空了……但这里的重中之重依然是各种盛会和狂欢节！每个人都乐此不疲，沉浸在一种无忧无虑的快乐之中。很快又要到斋戒日了。难道是因为此地的生活过分严酷，所以人们几乎每天晚上都要如此宣泄游乐的欲望吗？

说到乔装打扮，太子殿下总是首当其冲，且想象力惊人。有一晚，他以中国大臣的形象出现。又有一晚，他冒出奇思妙想，与他的表兄妹一起打扮成了保龄球，他从通气的小孔中伸出头来，摇头晃脑地在我们中间走过，周围的人都欢呼雀跃。甚至连本来坐在小矮凳上懒洋洋的夫人，都伸长了脖子看着他们从眼前经过，哈哈大笑起来！

但是昨天晚上，大明星的风头被德·蒙特斯庞夫人抢去了，她曾经是国王的宠妃，不过现在已经失宠。她居然在自己的冷宫里搭建了一座类似于巴黎圣日耳曼那样的集市。简直跟真的一样！人们惊叹道。先生又惊又喜。他从一家商店飞奔到另一家商店，而公主和王妃们则戴上面具，扮演着女商人的角色。人们就像在真正的集市上那样吃着小面包，甚至还有假扮的扒手！但听说那些混于廷臣中的真正的小偷也趁机发了一笔财。大坏蛋！

这些毫无意义的活动令我头晕。宫廷的生活掏空了人的大脑，它让廷臣如同木偶一样，只要一声令下就得恭恭敬敬地鞠躬，醉生梦死，欢天喜地，乔装打扮……多么怪异的处境！

2月27日 星期六

昨天晚上有一场舞会，我跳舞了。假如在几个月之前，我肯定会因为这场盛会而兴奋地睡不着觉。可是如今，我被迫参与这类活动，处在勾心斗角的漩涡之中，身边充斥着浮躁的气息，因而，我已无法从中感到丝毫乐趣了……

只有让娜-玛丽和阿尔芒德的陪伴，以及跳舞本身，才能令我感到欣慰。而且一定得被邀请才行。以下是我昨晚的经历。

就在寝宫晚会接近尾声的时候，我与朋友们玩起了猜脸游戏，即辨认一张张面具背后藏着哪些人。忽然，我眼前出现了先生的脸。他一点都不难认，因为他的假发，满身的花边与花哨的饰物！他身后是夫人，一位年轻侍从正在一面和她耳语，一面朝着我的方向看过来。

不一会儿，这位年轻男子径直向我走来。由于他戴着面具，所以完全看不到他的脸！但是他的仪表却很有魅力。

他弯下腰，向我伸出一只手，邀请我做他的舞伴。我身旁的让娜-玛丽和阿尔芒德简直不敢相信她们的眼睛。与我正好相反，她们因为没被邀请而几近绝望。而我，多么希望让给她们这个机会！

从小提琴奏出第一声快三步舞曲开始，我就被我的骑士激情的动作和舞曲快速的节奏所席卷。

不过几乎没费多少工夫，我就回忆起了好老师莱奥纳尔教我的步伐。一想到他，我就开始全神贯注，努力跳到最好。虽然刚开始有点笨拙，但慢慢地我找到了自信。我的双脚与骑士的双脚相互交错，仿佛在一块镜面上滑来滑去。真是好有趣！后来，乐师们开始演奏快步舞曲，他们越来越快，我随着音乐转了一圈又一圈。头好晕，身体好轻好轻！多么希望此刻永恒！

可是音乐戛然而止。我的蒙面舞伴转了转眼珠，露出了大大的笑容。他放开我的手，长长地鞠了一躬，以示感谢。舞会结束了。该是国王用夜宵的时候了。

让娜-玛丽和阿尔芒德很勉强地冲我笑了一下，就走开了。她们嫉妒地发狂了！

我一点也不怪她们。她们也会有这么一天！

3月7日 星期三

今天是斋戒第一天。宫廷里每个人都面带菜色。今年国王要求人们严格执行他的每项规定。不允许任何形式的违反。每个人都看到国王的行事风格越来越接近严厉的曼特侬夫人了。从现在开始到复活节，每天只允许吃一餐，且酒与肉是绝对禁止的。寝宫晚会也将会提早结束，因为舞会将被取消。

每周将有三天不得进食。

神父在小教堂主持仪式时，也不失时机地强调了这一点。他还要求人们为新入教的人祈祷，"以使他们的信仰更为有力，印于心中"。这些话听得我火冒三丈，气愤难当！

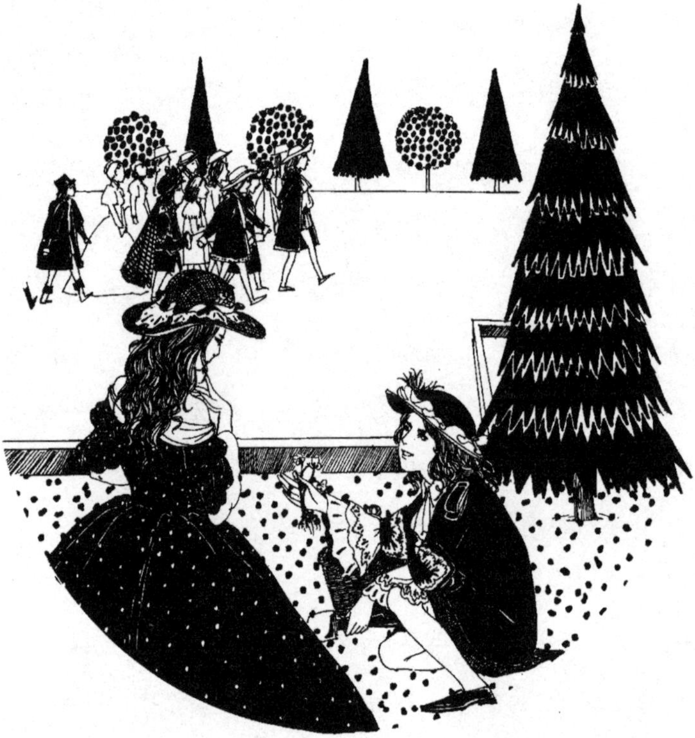

3月20日 星期二

在这段理应万事低调的时间，我本不该有任何不良的思想。但我必须要承认，今天下午我被嫉妒冲昏了头脑……人们常说，承认错误等于被原谅了一半。那么对于不仅承认且记录下来的错误，又该被如何看待呢？会不会得到彻底的原谅呢？上帝啊，听听我的心声吧！

当时在花园里，我正追着喜欢玩捉迷藏的莉兹洛特，忽然遇到了艾蕾奥诺尔。她不可一世地从我面前走过，假装不认识我。不仅如此，她还加快步伐，忙着与旁边的人谈笑风生，笑得前仰后合。她的态度让我很不快。然而最让我难受的，却是她身旁的那个年轻人，他的气质、仪表、走路的姿态都让我想起了前些日子在舞会上邀请我跳舞的人……一定就是他，我敢肯定！

在那一瞬间，我的心痛了一下，无比嫉妒艾蕾奥诺尔。能拥有一位异性朋友，并与之分享一些小秘密……甚至是甜蜜的话，这是何等的幸运啊！

安吉丽科，你到底怎么了？看看吧，你又放任自己了！我要坚强起来……说到底，这个年轻人的长相并不见得有多出众，我也许根本不会喜欢他。大美人艾蕾奥诺尔，随便他邀请吧！

3月24日　星期六

之前被我秘密隐藏的不安情绪比以往躁动得更厉害了。有那么多沉重的东西需要承受！失去音讯的教母，我难忍的孤独，我父母的秘密和他们最后的信件，以及前途堪忧的新教徒……以前我都把这些深埋在心底，希望它们能随着时间的流逝而自愈，或者至少减轻。但是我错了！教母再也没来过消息，我在这里孤独无助，而我的宗教认识也开始混乱。

有一天，我跟自己说，教母一定会像她承诺的那样，在复活节那一天回来，到时她会想办法抚平我的痛苦。但过了一天，我又开始悲观。宫廷在我看来就像一座监狱。虽然是一座金光闪闪的监狱，但依然是监狱。某些时候，我感觉自己快要窒息。

幸运的是，天气在一天天好转。我简直等不及要呼吸春天温润的空气，沿着花坛和树丛散步了。也许到那时，我会看得更清楚一点。

3月26日 星期一

整个宫廷就只剩下一个话题：斋戒以及越来越冗繁的戒律……国王很不满，他命令法兰西宪兵队大队长（他负责凡尔赛王宫的治安）展开调查。"凡是在斋戒期间吃肉的人都要被检举！"他宣布道。
突然间，一场可怕的暴风雨降临。人们怀疑曼特侬夫人就是这突如其来的严峻形势的幕后主导。候客厅里，走廊上，到处都是窃窃私语，人们趁着国王不在，躲开怀疑的目光，进行着秘密的交谈。但也有一些热忱的支持者，例如先生。他大声地斥责（为了让所有人都听见，且记住教训）了一名侍从，并将其辞退。这是为什么呢？因为他犯了一桩极大的罪行：他被指控曾在某个斋戒的星期五的晚上，邀请一百名廷臣出席了一场盛筵！我能想象得到先生听到这个消息时惊慌失措的样子！他在任何事上都争当模范学生，以便在他王兄的眼中无可挑剔……

当犯了错的侍从来到他面前辩白时，他毫不留情地实施了惩罚：扫地出门，外加一百下棍刑，一下代表一个客人！

事件慢慢变成一出喜剧！故事情节在不同的客厅之间传播，被讲了一遍又一遍，即使听了十次，人们还是会忍不住咯咯地笑，或者捧腹大笑！

后来，我又想起了另一个问题：新教徒要不要斋戒呢？

除了夫人，谁又能回答我这个问题？

4月4日 星期三

复活节将至。几天之后，"圣周"就要开始了。教母会出现吗？这是我最真挚的愿望。忠诚守护着我的朵琳娜对此深信不疑。

"她不是向您保证过了吗？"她一遍又一遍地说，

为了让我安心,"邮件的传送不及时。从初春开始,道路就泥泞不堪。这不代表她不回来!"

希望被重新点燃,我又干劲十足地开始工作了。我被温暖的空气和满树的繁花所吸引,来到花园中,快乐地自由行走着,跳着,跑着,就像夫人的小狗一样。

另外,夫人也重新找回了笑容,自从她又开始进行自己热衷的狩猎活动之后,至少再也没听她抱怨过了。她在王太子的陪同之下,带领着大批人马整天整天地追捕雄鹿。有一天,她回来的时候满身是泥,头发乱糟糟的,丰满的胸部都快露出来了!她猎到了七头鹿:卓越的功绩!国王受到了严重的刺激,但仍然鼓了鼓掌。她品尝胜利果实的样子简直乐开了怀!

不久之后,她就要出发去乡间别墅圣克洛城堡了。一想到这个,她就急不可耐。我又何尝不是呢,因为夫人已经向我们(即她的女官们)承诺要带我们一起去。亨莉叶特曾经去过那里,她说那里简直是人间仙境。先生花重金对它进行了装修。夫人一旦从宫廷的繁文缛节中解放出来,脾气也会变得温和。她尤其喜欢在领地周围的茂密丛林中散步、骑马和狩猎。那会不会是我向她吐露心事的好机会呢?这是我最诚挚的愿望。

4月9日　星期一

昨天在散步的时候,我遇到了西蒙先生。他跪在草丛中,一面采摘着植物,一面小心翼翼地将它们放到篮子里面。直到我走得很近,他才抬起头:他太全神贯注了!我主动提出帮忙,他很兴奋地向我展示了他寻觅到的东西。我们低下头,采集着他所谓的"药草",在一起度过了很长的时间。

天气很温暖,阳光把脊背晒得热热的,小鸟儿唧啾鸣啭。多么幸福的时刻啊!砂子小路上,传来了行人走路时"嘎吱嘎吱"的声音,但我们丝毫不被打扰。无意中抬头一看,来者居然是国王。他走得极慢，身边黑压压地围着一大群廷臣！

西蒙先生这时才想起来，他还要为几天来饱受病痛折磨的国王配一服药：用来治疗脸上的红斑和脚肿。

"您看看，"他迈着敏捷的步伐带我回到宫殿，说，"他的医生们怎么劝他都没用，求他少吃点肉，晚饭吃清淡些，喝酒时用水稀释一下，可他就是不听！他总是狼吞虎咽，因为牙已经几乎掉光了，大块的辣味炖肉嚼都不嚼就咽下去了。于是，整个身体都上火了！"

我们走进药房，一位青年侍从正在等着药剂师回来，一看到他，便交给他一封信。趁他在书桌前读信的工夫，我就在那些忙着研捣或称量我叫不上名字的药物的学徒中间转来转去。在观察学徒们的空当，我不时抬头看看西蒙先生，因为刚才他叫我帮他把我们采集到的植物铺在一张纸上风干。我简直等不及要动手了！可是我越看他，就越感觉到他的慌乱。他正在读的信是不是有什么坏消息呢？一定是的。他神情凝重地一遍又一遍地读着信，放下，再拿起来。他的双手在颤抖，表情中透露着深深的忧虑。他朝我看了一眼，把信折起来，装进口袋，勉强挤出笑容。

"安吉丽科，关于这些采集到的植物，我们之后再说，夫人现在一定需要你……"

他的声调很悲伤。我明白了，他想让我暂时离开。我结结巴巴地吐出几个字，看到他如此痛苦，我也十分难过。

4月17日　星期二

下雨了，狂风大作，树枝在风中摇晃，我度日如年。离本周日的复活节还有五天了。教母会不会如我所盼真的回来呢？

在圣周期间，绝对不允许嬉笑。廷臣们每个人脸上都是一副无比虔诚的样子，以博国王的欢心。夫人因为被迫困在教堂内，脾气异常暴躁，不断抱怨着清汤寡水的吃食……

我看到了西蒙先生。他的脸比以往任何时候都更加冷峻，我甚至不敢跟他提起我们采集的植物。

就这样，面对自己的孤独，我重新找回了自己。我时常翻阅自己的日记（发现文字有错误时及时改正），或者翻翻日课经，这对我祈祷有帮助。

4月23日　星期一　复活节

教母没有回来。我失望至极，感觉被骗了。我曾以为她是守信用的人，说任何话都算数的！我大错特错。全身都是苦涩的感觉。我是不是应该彻底死心，相信她就此将我抛弃？

我怀疑自己没有勇气……可是这样的不确定，彷徨和死寂，还要承受多长时间才能到头？这一切都难以解释，生活是如此不易！

有人在敲我的门。应该是朵琳娜……她看到我如此失望，同样很难过。因为她曾坚信无论如何教母会在复活节这一天回来！

　　我再次提笔，满嘴都是吃的。善良的朵琳娜刚给我送来了小杏仁饼。她竭尽全力想让我重新鼓起信心。我一块一块慢慢地品尝着。

4月25日　星期三

　　不同季节的乐趣此起彼伏且风格迥异。几天之前，我们还在参加寝宫晚会。如今，又到了户外活动兴盛的时节了。

　　国王也参与到户外活动中，一群客人陪着他去了马尔勒的新领地。这是他近来最牵挂的事，已经快要建造完毕了。人们争先恐后想要前去欣赏。

　　凡尔赛还有一座特里亚农瓷宫，国王在里面设了招待客人的小点心。我打算找一天，鼓起勇气去那里散散步。一座座楼阁都是由蓝白相间的陶釉方砖建成，周围有数个花坛环绕，的确是美轮美奂。廷臣们坐马车或沿着大运河坐船前来观赏。

昨天，就在离此不远的地方，我正在阿波罗水池旁边追逐着莉兹洛特，却无意之中亲身见证了一项巨大的工程。我简直不敢相信自己的眼睛！一群男子正在把即将出航的船放下水。这活可真不简单，因为他们要把整支船队都架到粗木棍上去，包括一艘荷兰圆帆船、一艘双桅战船、几艘小艇，以及几只小船和两只贡多拉！莉兹洛特使劲地拍着手，而我当场惊呆了。我从没如此之近地观察过船只，更是无法想象这样的庞然大物居然会在大运河的水面上漂浮起来！

我竖起耳朵听着他们的谈话，得知国王已下令招募水手。

"为的是当他自己或者廷臣们想要泛舟时，每天能有60个水手供他们差使。"一个看起来通晓内情的人说道，"这还不包括那六个贡多拉船夫，其中四个来自威尼斯。"她补充道。

这让我不禁也产生了划船的愿望。是不是很荒唐？今年冬天，我不是已经在结冰的运河上面滑过了吗？

5月3日　星期四

我终于可以畅快地呼吸，心中不再压抑着焦虑。我做到了！终于，我找到机会与夫人单独相处，告诉了她。这发生在圣克洛的大瀑布脚下。她以带我去参观为借口，把其他的随从留在城堡内。

我敞开了心扉，眼泪也随之喷涌而出，就像随着梯形水池顺势而下的水流，这倒也和周围的环境相契合了！在她慈祥目光的鼓励之下，我逻辑混乱地向她交代了一切：来到凡尔赛之前教母向我吐露的秘密、家族的文件、妈妈解释我洗礼的信，以及我名字的变更……

"我理解您的苦衷，小安吉丽科。这种秘密确实太沉重了。再加上宫里现在的形势！"

她慢慢地说着，日耳曼口音已几乎消失。

接着，她满含深情地把我拥入怀中，沉默良久，又说道：

"我很难表明自己的立场……考虑到我在国王身边的位置，我不能这样做，并且要保持最高的警惕。人们随时随地想方设法利用一切，连最无关紧要的小事也不放过，就是为了下圈套，挑拨离间，暗中算计，最终让我名誉扫地。宫廷生活就是尔虞我诈，并不是只有欢声笑语！其间充斥着辜负、残酷，以及背叛……我亲身体会过。"

听着她的讲述，我呆若木鸡。是不是应该理解为，她对我的处境无能为力？尽管我已感觉到了，但被她的真诚所打动，这已经足够了。水流缓缓而下，发出低诉的声音，让我内心平静。

"我最多只能给您几条建议，亲爱的安吉丽科。倾听您内心的声音，按照它的指示行事……向我们的上帝祈祷。尽您最大的力量祈祷。说到底，不论我们是新教徒还是天主教徒，上帝不都是一样的吗？是盲目和狭隘让两者互不相容！每当想起那些被迫否认祖辈信仰的不幸的胡格诺派教徒时，每当想起那些被从父母手中抢走的孩子时，我就气愤不已。可是比这更为糟糕的是，我根本不能开口！"

她的声调一下子变了。忽然变得尖锐起来，她的双颊也因愤怒而涨得通红。

在她激动情绪的感染下，我把手伸到衣服下面，掏出了我的圣牌。她俯身观察，一下子叫出声来：

"路德玫瑰！您从哪儿得到的？"

在她仔细端详的时候，我向她讲述了它的来历。首字母S.B代表的是我最初的名字：萨拉·德·巴尔雅克。

她的神情变得温柔，不等我开口询问，就急切地向我解释了上面图画所象征的意义。

为了不弄错，就在写字的这会儿，我又把圣牌拿了出来，放在面前的本子上。

她的食指指向中间。

"黑色的十字架象征的是对基督的信仰，同时提醒我们他曾在十字架上死去。背景是一颗红心。这代表着基督徒应该像耶稣一样懂得去爱。"

她又指向环绕在红心周围的白玫瑰。

"它有五朵花瓣，象征着欢乐和和平。另外，蓝

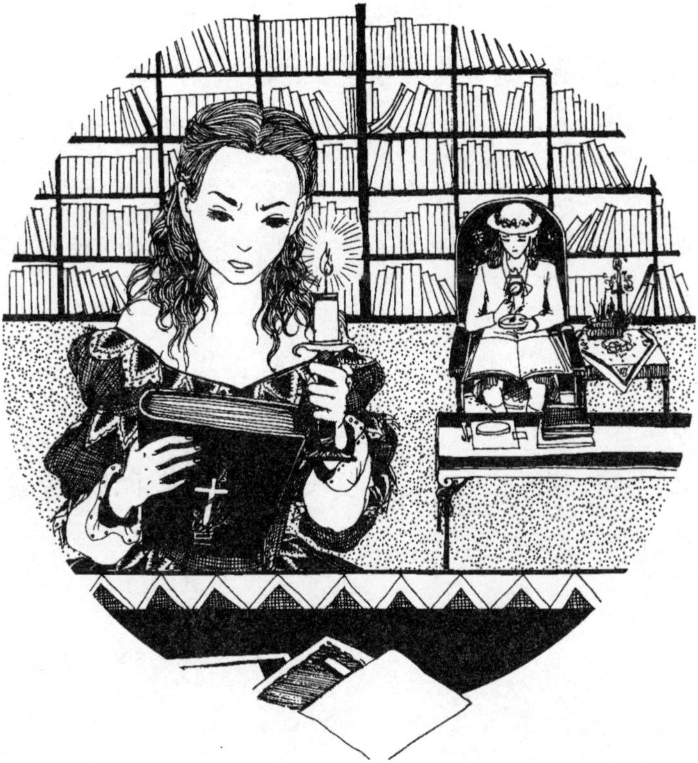

色的底象征天空，金边象征着永恒……"

我细细品味着她说的每个字，想将它们深深印刻在我的脑海中。

"您是怎么知道这些的呢？"我惊呼道，忽然又因为这过于随便的口吻而略显尴尬。

"这有什么，所有的新教徒都认识这枚圣牌！"她高声说道，并将它交还到我手中。

她马上开心地笑了出来。我们绕过瀑布，准备回城堡了。

我只有一个遗憾：对话就这么结束了。我多么希望谈话可以继续啊！以后还会有其他的机会吗？总之，这段时间我要好好思考一下刚才记录下的她说过的话。

5月5日 星期六

春天到了极盛的时节。大树的枝叶构成一道道拱形的绿荫，空气中散发着微微的香气，艳阳高照，池塘和大运河的水面波光粼粼。注视着这壮美的大自然，我感觉自己又重生了。身体变得轻盈起来，而且充满了力量。

就仿佛贴在我心口的这枚圣牌……现在，它带给我的回忆不仅仅只有父母，还开始包含很多夫人教会我的东西：它们是我努力遵循着的行为准则。

我在南翼碰到了西蒙先生。他邀请我上他那儿去，看上次我们一起采摘的植物制成的标本集。他努力显得亲切，可能是因为上次他奇怪的态度而抱有歉意。但是我发现他的神情中依然有些不安。他身上压着沉重的担子。是因为国王的健康问题他才如此忧心忡忡吗？

5月8日　星期二

真是难以置信！我万万也想不到自己居然会有如此奇遇！

就在今天下午，我被卷入一桩出人意料的事件，且听我娓娓道来……

应夫人的吩咐，我向动物园走去，女管家和莉兹洛特在那里等我。

"您坐马车去吧,安吉丽科,走着去太远了!"

对她来说太远,对我可不一定!我谢绝了她的好意,自信地开始了这段漫长的行程。先要穿过几个精美绝伦的花园,然后顺着大运河左岸一直往下走。天气很热,蜜蜂就像盛夏时那样嗡嗡地飞舞,我走到了大池塘与大运河的交汇处。要去动物园,必须得在这里转向。正在我无限神往之时,忽然,一声尖叫打破了宁静:

"救命啊!救命啊!求求您了!"

这声音从运河那边传来。我被吓了一跳!只见一位夫人站在一条小船上,她面色惊恐,只要轻轻一动,那船就前后颠簸起来,非常危险。我顺着她手指的方向,看到水中一个人的头和胳膊若隐若现,接着就消失了。我这才明白原来有人落水了,马上就要溺亡。

"上帝啊!太可怕了!帮帮我吧!"

女人的声音无比绝望。我该怎么办呢?

没时间想太多了。我转身跑进树林,找了一根长树枝。一拿到手，我就用最快的速度把它拖到运河边，伸向落水者。他用一只手碰到了树枝，然后将它攥紧。我用尽全身力气把这不幸的人（其实是个男人）拽了上来。他慢慢地上了岸。

我长舒了一口气！他得救了！

我头发散落，上气不接下气，需要好好平复一下。然而营救工作还没有结束。还有船上那位夫人呢！不幸中的万幸，一辆马车从不远处驶过。我急忙跑过去拦住它。马车夫前来帮手，片刻之后，他把两个仍然紧张得浑身发抖的死里逃生者抬进了马车。

"我是德·蒙莫兰夫人，这是我的儿子查理。您真是我们的大恩人啊，小姐，该怎么感谢您呢？"这位夫人整理了一下自己的仪容，结结巴巴地说。

马车远去了，我终于可以松口气了。假如那名男子没有挣扎着从水里探出身来，结局又会怎样呢？真是人各有命啊！

5月9日　星期三

今天是安吉丽科·德·巴尔雅克，大运河救人女英雄的光荣日！

从今天早上开始，人们向我问好，甚至有人在我面前鞠躬，向我的英勇之举致敬。所有的赞誉皆颇为夸张，沉甸甸地砸在我的肩膀上，让我备感不适。为什么要把我自然反应的举动捧得如此之高呢？我当时正好在场，想都没想就帮了一把，不就这样吗！

回到夫人处的时候，被我救上来的男子居然站在里面。我隐隐约约认出了他。他一看到我就朝我走过来。

"小姐，我想，今天早上，再次向您表达我的感激之情……您表现得那样冷静、聪敏，而且我必须承认，假如没有您的救助，我必死无疑！那可是在波涛汹涌的大运河里啊!"

这其实是一位年轻的男子,大约十八岁。他身上有种令我不悦的东西,但具体是什么,我也讲不出来。是他有些做作的表情,还是他举手投足间的傲慢,抑或是他不怎么英俊的脸庞?

我咕哝了几句感谢的话,他笑了。接着,他就告辞了……

5月17日　星期四

与夫人再次进行哪怕一点点的交流都已不可能了。由于热那亚共和国的执政官来访,她被与之相关的各式各样的义务缠身!为了吸引执政官的眼球,同时展现王室的威仪,国王一丁点儿都不怠慢。各种接待、参观访问、散步、舞会,整整持续了两天。我从来没有见过如此气派的排场!一会儿奢华,一会儿壮美，一会儿闪耀，一会儿庄严……国王尽情地炫耀着。宫廷上下皆被如此奢侈的场面所惊艳，对国王前呼后拥，唯命是从。他们顿足，前进，鞠躬，就像一支庞大的军队一样，一得到命令就立即执行。

星期二，在大镜廊，国王坐在他的白银宝座上，当时人声之鼎沸简直难以用语言描述。人群将我淹没，安娜、亨莉叶特、艾蕾奥诺尔都从我的视线中消失，正当我焦头烂额的时候，我发现上次被我从水中救出的那个人正站在不远处。

"安吉丽科小姐！"他高声叫道。

我跟他没什么好说的。但他在整个接待仪式过程中都站在我身旁。这场仪式似乎永远没了尽头！

今天上午，所有人都聚集在花园里欣赏海神尼普顿水池里的所有喷泉首次同时开放。我被挤在人群中，又一次看到他走过来。安娜和亨莉叶特互相不言而喻地笑了一下，艾蕾奥诺尔低声说：

"您的下一个舞伴，安吉丽科！"

我内心燃起火来。关她什么事？她又知道什么？

当查理·德·蒙莫兰（我还记得他的名字）邀请

我下午陪他去散步时,我十分勇敢地拒绝了他。

5月17日　星期日

今天上午的弥撒结束后,我听到了吓人的事情。几位廷臣在我身边窃窃私语,他们认为外界宣称的每天都在增长的大规模宗教转化很不对劲。

"国王到底想干什么?"他们其中之一问道。

"究竟是什么促使整个省整个省的新教徒放弃了信仰?"一位夫人提高声调问道。

"夫人,"她身边的人低声答道,"您可真是天真啊!"

接着他们就散开了。

这是不是意味着那些敢于承认不同的人们,依然要遭到压迫和暴力?

5月18日　星期一

美好的一天！夫人大发善心，带我来到国王的果园旁边，背诵了一篇祷告文。我担心自己忘记，就把祷文抄在这里：

"我爱我的上帝，因为当我呼喊的时候，

他知道他听到了我的叫声，

因为他在仔细聆听着，

为我困难的日子而祈祷。"

"我经常默诵这篇圣诗，每当我感到烦躁不安的时候，就开始思考它的含义。"她对我说，"这是我很小的时候我的女管家教给我的。当然，她教的是德语版。"

不知从什么时候开始，她在我眼中变得这样可爱，这样平易近人了？我们沿着小道行走，两旁长势喜人的水果和蔬菜是国王的专供。我的自信心一下增强了。另外，因为长久以来我都急切地想要问她一些问题，便抓住了这次机会。我乱糟糟问了一大堆：

天主教徒和新教徒的信仰有何不同，新教徒也去做弥撒吗？如果是，他们做弥撒的方式会有什么不同，等等。

"慢慢来！我不可能一下子回答这么多问题！"她回应道，想让我急躁的心平静下来。

接下来，夫人用我的家庭教师德·拉索尔斯小姐一般严肃的口吻跟我讲了《圣经》，以及它在新教徒心中神圣的地位。"对于他们来说，"她解释道，"《圣经》包含的是上帝的语言，除此之外，其他一切都不作数。"这句话在我听来有些难懂……她这么说是什么意思呢？

她一边说，一边不时回头看，是为了防止有人偷听。

我感觉自己身上生出了一股强大的力量。以上的谈话让我宽慰许多，并一点点照亮了我身处的这条长长的隧道。

6月4日　星期一

我开始相信自己禀赋异常了。为什么这种奇闻异事总是发生在我身上？

今天发生的一切让我很不愉快。我再一次感叹，要是自己乖乖待在这里就好了！我为什么要跑去看那个骑兵竞赛表演呢？更何况夫人都没有去！

可怜的夫人是不会有力气去的。她是如此地悲伤！几天前，她亲爱的哥哥去世的消息传来，活活在她心上插了一把刀。她一下子就被残酷地击倒，无法从痛苦中走出来，看到她一动不动地沉默着，脸色青灰，神情绝望，真令人无比伤感！我的心也好痛。

可是当亨莉叶特兴冲冲地来找我去看骑兵竞赛表演时，我又不想让她失望。

"他们为这个可是准备了好几个月呢，你可不能不去。我敢打赌,你肯定会看呆的!"

我的朋友并没说大话。先是身穿镶边礼服的年轻侍从们组成的护卫队出场,紧接着是衣着更为华丽的骑兵队伍。他们黑红相间的天鹅绒礼服上镶嵌着金边和银边,闪耀着夺目的光彩。他们行进的动作极为整齐,与军号和军鼓声的节奏完全合拍。阵势之大令人叹为观止!

"安吉丽科小姐,我是否有幸陪同您观看仪式结尾呢?"

未见其人先闻其声,又是查理·德·蒙莫兰。

怎么又是他!我咽了一下唾沫,感觉自己气得脸都发烫了。他还要这样纠缠我多长时间?

他的出现立刻败了我的兴,我只剩下一个念头:离开,甩开他。他做了几句极为平庸的评价。但最令我讨厌的就是他的神情!

军队一退场,我便冲进人群中,想让他再也找不到我。可是,不论我往哪里走,他都紧紧地跟着我!

于是我撩起裙摆,用最快的速度跑了起来。眨眼间,我已经气喘吁吁地来到了南翼群楼脚下。然而,奇怪的是，他又追来了！

他急促地呼吸着，眼神中闪过一道不怀好意的光，突然，他向我扑来，粗鲁地抓住我的两只胳膊。我好像复仇女神一样拼命地反抗，只听到他结结巴巴地说：

"安吉丽科，我的美人安吉丽科，您听我说。"

"不，先生！想都别想！"

然后我飞快地逃走了，大跨步爬上楼梯回到这里……

他明白了吗？我从此太平了吗？希望如此吧。

6月6日　星期三

昨天，在去夫人寝宫的路上，我跟亨莉叶特讲述了这一切。

"你干嘛要对他这样冷眼相待呢？难道你不想找到你的白马王子吗？"

我停了下来，有点激动地回答她：

"我最想的，你知道吗，就是千方百计躲开他！"

既然她先提起了这个话题,我便把星期一骑士竞赛表演时所发生的一切讲给她听。

"你做的没错,是得要提防着他。"亨莉叶特说道,"我仔细想了想,好像几天前看到他正和曼特侬夫人谈得火热。他很可能就是她的党羽。大宠妃每天都在扩张自己的势力,她手下的人脉网越来越大。要是能知道点儿夫人身边发生的事,不正好合她的心意!"

我听得有点糊涂。我不太相信亨莉叶特的话。但是说到底……这里大部分的人都只为一件事而活:个人的利益。为了达到这个目的,他们什么都做得出来。

6月12日　星期二

昨天,在小教堂,我亲眼目睹宫里那帮最虚伪的人被好好戏弄了一番。今天他们很可能不会出门见人,因为他们还在细细品尝这份羞辱。这样也好,杀杀他们的威风!

下午，在举行圣体降福仪式的时候，像往常一样，所有的目光都投向了教堂圣楼，等待国王出现参加仪式。女人们还很细心地点亮了一支支小蜡烛，除了让祈祷书看得更清楚之外，更用它们来照亮自己无比虔诚的脸庞。一切就绪，国王却迟迟未现身。护卫队首领布里萨克在圣楼上出现了。他举起手杖，发号施令："国王的卫兵们请退下，国王不来了！"

人群中传来很长一阵失望的议论声。人们熄灭蜡烛朝出口涌去。神父假装什么都没看见，继续泰然自若地祈祷。我和亨莉叶特，连同一小撮留下的人，向着神坛方向靠近。就在这时，布里萨克又转身回来，惊雷一般地宣布道："国王到了！"

所有人一起抬头向圣楼望去，路易真的在那儿！

仪式一结束，布里萨克就向国王讲述了他的恶作剧，国王听后大笑了起来。从昨天开始，那些遭到陷害的人就只剩下一个理想：掐死布里萨克！

把快乐建立在别人的痛苦之上是不厚道的，但是我必须承认，这件事让我笑了好久。

6月23日　星期六

　　我刚刚去拜访了西蒙先生。回来上楼的时候，我感觉自己两条腿像灌了铅一样沉重！我小心翼翼地关好房门，因为接下来我要揭露一个巨大的秘密。我的头好晕，因为这事简直难以置信……但是，仔细想想的话，又觉得事出有因……

　　我几乎不敢写出来：西蒙先生是新教徒！千真万确！他向我坦白了！其实，应该说他是不得已才这么做的……

　　当我走进药房时，我左看右看找了他半晌。原因是，他正坐在书橱下面，腿上放着一本打开的书，整个人几乎消失在这本巨大的书后面，全神贯注地研究着放在身边小托盘上的一种植物。这里的每个人都知道，在这种情况下不应该和他说话，要等他自己抬起头来……打过这么多次的交道，我终于学到了这个教训！

我安静地坐在一只小凳上，当他突然让我帮他去写字台的活动板下面拿一把刻度尺出来的时候，我被吓了一跳。大坏蛋西蒙先生，他看到我进来了，他知道我还在！

我急急忙忙地照他说的做。借着一盏烛光，我用手把那成堆的纸张、手册和本子以及压在底下的一本翻开的厚书拨开，找着他需要的东西。由于烛光太弱，我根本看不清楚。我把烛台拿起来靠近那本书，突然心头一紧，我惊呆了。一本《圣经》！我清清楚楚地在其中一页下方看到了书名，"圣经"两个字是用法语印刷的，而且是全拼！

我的脸颊开始发烫。我朝药剂师的方向看过去，但同时，我已听到他的脚步声和急促的呼吸声从身后传来。他惊慌的眼神与我的眼神相遇，他一把抓住写字台的活动板，"砰！"地一声就把它关上了，他肯定希望我什么都没看见。

"我真是糊涂了！我的尺子在那边呢！"他一边说

一边用手指了指摆放着一排陶罐的架子。

"您的……您的《圣经》，西蒙先生，可以借我看看吗？"我结结巴巴地在他耳边说道。

他被吓了一跳，调整了一下呼吸，瞪大双眼看着我。我居然发现了他的秘密！他似乎在这样想。沉默良久，他请求我在他学徒都离开后再回来。

我照做了。西蒙先生小心翼翼地关上了门，故意压低了声音。他不再那么紧张了，他请我坐下，开始讲述……

他向我坦白了他的秘密，谈话一直进行到晚饭时分。我明显地感觉到，这个敞开心扉的过程似乎让他如释重负！他承认，一个多世纪以来，他的家庭就是新教徒，如今他为此十分担忧。一个月以前，他听说龙骑兵已经进驻他姐姐家。蛮横的士兵把食物贮藏室里所有的东西都吃光喝光了，并不时动用武力来强迫全家改变信仰。一谈到这些，西蒙先生的双手就止不住地颤抖，满脸皆是恐惧。

晚上10点

刚才亨莉叶特来过,幸好她没有多做停留……

"咚,咚,咚!国王今晚在特里亚农宫举办盛大的晚宴和舞会。他准备好一长队的马车,带所有想去的人过去。你来吗,安吉丽科?"

她站在门外面喊着这些话,可是我连给她开门的心情都没有,因为我还沉浸在那个正在揭露的秘密中无法自拔。我把所有的东西都藏在床单下面,假装很不舒服的样子开了门。

"你来得真不巧,亨莉叶特!我头疼得厉害,一步也走不了……"

亨莉叶特仔细地端详了我一番,失望地叹了口气,并没有再坚持……

这下我可以接着写了。

西蒙先生在讲完自己的事之后，又向我提了很多问题。他坦白说自从我那次人尽皆知的高烧之后，他就知晓了我的底细。他提醒我要万事当心，尤其是在凡尔赛，人们热衷于打小报告，颠倒黑白，拉帮结派……

然后他走向写字台，拉起活动板，拿出《圣经》交给了我。

"我把它借给您，安吉丽科，它会对您很有用的。但一定要保持警惕。浏览它，阅读它，好好地思考，当您觉得必要时，再把它还给我……"

我被他的慷慨深深地感动了。一直以来，我最大的愿望就是拥有一本《圣经》，如今愿望实现了！我向他扑过去，朝他脸颊上亲了一下，就像女儿对父亲那样。西蒙先生一贯严肃的脸上先是露出了不好意思的表情，然后微笑起来。至于我，紧紧把书贴在胸口，品尝着喜悦的滋味。我终于找到了一个可以托付秘密的朋友。我不再孤身一人了！

6月28日　星期四

阳光明媚，空气中散发着温热的气息：夏天到了！

这些天以来，我最喜欢在走廊里穿行，沿着池塘边跑边跳，然后以最快的速度回到房间。这是为什么呢？朵琳娜焦急地想要知道答案。当然是为了投身到《圣经》的阅读中去啊，还能为什么！

我从中找到了当初德·拉索尔斯小姐对我进行基督教启蒙时讲给我的一些故事片段。只不过在书中，故事得到了延展，一章一章地连续下去。总体构成一个庞大的故事！

有时听到一点动静，我就被吓一跳：要么是走廊里朵琳娜的脚步声，要么是蓄水池的喷水声，以及来来往往的人……我迅速合上书。一本被翻译成法语的《圣经》，印刷于日内瓦，这肯定是会遭人怀疑的。只有新教徒才会用自己国家的语言读它，并从不离手。它就是一本枕边书，仅仅看一眼就能让人得到安慰。

　　我越分析自己的态度，就越觉得自己在从事地下活动。我要把这本日记藏起来。我在其中透露了很多秘密，包括我在读的这本书，虽然不算禁书，但在现行的风气下，这是可疑的。而且这一切就在法兰西的宫廷，王权的中心地带，天主教的领头人——国王的眼皮子底下进行！一想到这些，我就不寒而栗。

7月2日　星期一

　　廷臣们兴奋极了。刚刚开始的七月将会被各种盛会和娱乐活动填满。几天之后，海军国务大臣德·塞涅莱先生将在他索城的封地宴请国王和他的宫廷。月底，国王的女儿南特小姐与波旁公爵的婚礼将要举行。今天下午，战事部长德·鲁瓦侯爵在他默东的家中设宴……

　　仅仅是将这些事件罗列一遍，就已经像有蚂蚁爬上了我的腿，巨大的厌烦感袭来。因为这将意味着我们，即那些重要人物的跟班们，要连续好几

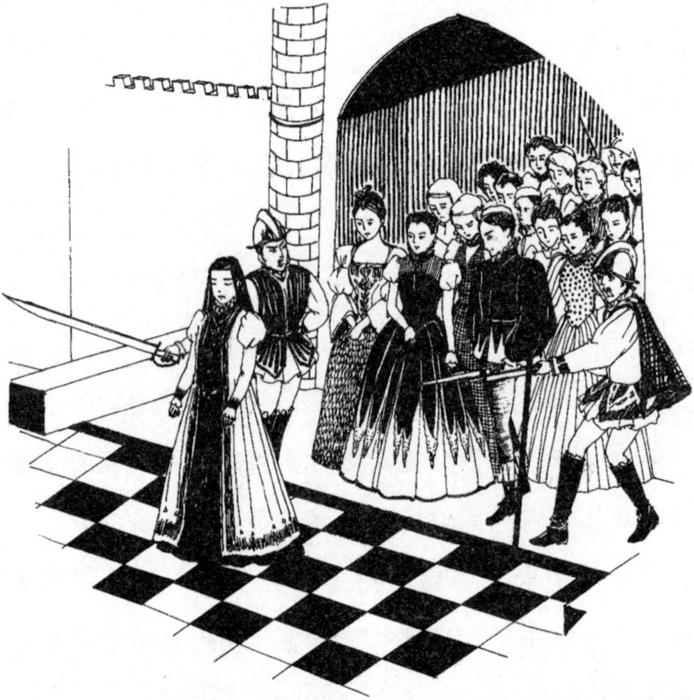

个小时等待，停留，陪同，微笑，鞠躬……所幸的是，我有那么多小秘密藏在心底。它们温暖着我的心，并赋予我力量，帮我承受所有那些无关紧要的烦恼……

7月12日 星期四

今天晚上，我在药房门口等着西蒙先生。他等学徒和工人们都离开之后才邀请我进去。我一看到他，就从他脸上读出了巨大的忧虑，我还没坐稳，他就嘱咐我一定要有十二分的警觉。

"这里的所有人都在监视和被监视着。一切不谨慎的言行都会被当作别有用心。对任何人都不要说太多，包括您的朋友们、侍女，甚至是夫人，尽管您是那样不顾一切地信任着她。她有很多朋友，但也有很多敌人，他们随时都在准备抓她的小辫子。千万要小心！"

他停顿了一会儿，接着说道：

"据可靠的消息，国王已经准备采取一项针对全国新教徒的重要措施了。我们还不知道它的波及范围有多广，但我相信不会有什么好结果，事情很可能比想象的更糟糕！"

他的脸色是那样苍白，我感觉好害怕。他说的话更是让我呆若木鸡，提不出任何问题了。他说的"更糟糕"指的是什么呢：派龙骑兵迫害新教徒？虐待？屠杀？

从此时起，这三个推测就不停地在我脑中旋转。我拼命地想把它们从脑中驱逐出去，可就是做不到，我感觉好恶心。

星期天　7月15日

安吉丽科，你今天十四岁了！从今天早上开始，我就不停地告诉自己……我满心欢喜（十四岁，多令人自豪！），但同时，眼泪又止不住地涌上来。除了我自己，谁又能来为我庆祝生日呢？一个人也没有。教母已经不在我身边了。所有认识我的人都不知道我的生日。

晚上9点

刚才交差交得有点急……朵琳娜眼中闪闪发亮，以一副胜利者的姿态把一个男孩刚才交给她的包裹递给了我。我的心怦怦直跳，三两下就把它打开了。小蜂窝饼！是玛歌特的小蜂窝饼！好幸福啊！朵琳娜拍着双手，高兴地看着我拿出一块来咬了满满一嘴。里面还有一张折了两折的纸条，笔迹显得粗糙且迟疑（绝不可能是玛歌特，她不会写字！），我好不容易才认清楚：

"您的教母现在很好。请您不要担心。愿上帝保佑您。玛歌特。"

我激动得热泪盈眶。一遍遍读着这些字，我的视线不禁模糊，对于写这些字的人来说，这得需要多大的努力啊。我把亲爱的玛歌特为我精心制作的甜点翻过来倒过去地看，不敢吃完。最后，我想到了教母……我之前居然会认定她已将我遗忘！我不禁一阵狂喜！在这动荡的时期，我得到了一个巨大的好消息！

7月17日　星期二

昨天晚上，我们（亨莉叶特、安娜、女管家和我）护送夫人去了索城，她一晚上抱怨个不停。她的坏心情绝对不是无缘无故的：国王对她的冷漠态度，思乡之情，而且自从他哥哥去世后，国王就一直企图吞并她亲爱的故乡帕拉蒂纳，以及她越来越难以忍受的这些宴会的礼节。

"太无聊了！"在载我们离开凡尔赛宫的马车上，她大喊着。

虽然我几乎要被挤扁在车门上了，却毫不后悔参加这次出行。一路上，成千上万只灯笼为这条在黑暗中延伸的道路照明：真像一个神话！夫人在车里躁动不安，并不时地发表着心直口快的言论。

当她的女管家向她报告说花园里设了无比丰盛的

晚宴时,她回答道哪怕再奢华一百倍的排场也不如和自己的闺蜜们坐在草地上,围着一篮好吃的猪肉和一瓶干白葡萄酒来得痛快!

尽管她提前宣布自己会感到无聊,但事实上,她整晚都释放出欢乐的神情和真心的笑容,表示自己很高兴在这里。一切都是极好的:花园,柑橘园里拉辛和吕利诗歌的大合唱,被数不胜数的灯花点亮的公园晚餐……

我们凌晨两点才回到凡尔赛。夫人的眼神就像早晨九点时那样活力四射,就在我们拼命与睡意相抗争的时候,她还在四处广播对于晚会的溢美之词。

7月25日　星期三

结婚庆典刚刚结束。在这几天里,盛况空前,整个宫廷都为之倾倒。在如此众多的美丽事物面前,除了我,所有人都在拍着双手叫好,我承认自己没有全身心投入,甚至可以说是在冷眼旁观。

所有的一切都分毫不差地计算好了。按照那些老廷臣的说法,凡尔赛从来没有这么美丽过。的确,当宾客们坐在贡多拉、小艇和快艇上,伴着军号和军鼓声沿着运河巡游时,那情景实在令人震撼。更别提在运河的尽头,还有烟花在燃放。莉兹洛特和菲利普被批准可以观看。他们紧紧抓住我的手,胆怯,甚至有点恐惧地看着由几千只燃烧的火把组成的巨型金字塔形火堆。顶端是巨大的熊熊火焰。当事先安置好的烟火瞬间冲向天际时,人群叫啊,喊啊,兴奋得直跺脚。这样的场景怎么能不令人惊叹!

而那对新人,这场盛会的主角,他们此刻在想些什么呢?看着他们,我的心不禁一阵抽搐。尽管他们衣着精美,这对年轻夫妇的组合看起来还是颇为怪异。他们怎么敢把这个漂亮的小女孩(她才十二岁)和面貌异常丑陋的十七岁的波旁公爵搭配在一起呢?他又矮小又驼背,一只眼睛下还长了一块可怕的瘊子,不就是他被那些"毒舌"的人冠以"绿猴子"的绰号吗?作为国王的女儿,很难自己做出决定,更无法反抗国王的旨意……

亨莉叶特非要我同意陪她参加舞会……我们得到

了许多年轻人的邀请，一支舞接着一支舞跳。我没有太注意这些舞伴。更准确地说，我一直保持着警惕，生怕邀请我的人是查理·德·蒙莫兰……

7月26日　星期四

我从昨天晚上开始就一直在哭，我太难过了。我的路德玫瑰，我如此珍爱的圣牌，妈妈唯一的遗物，不见了！我把它弄丢了！我无法接受这个事实！之前我把它挂在胸前，不就是怕它丢失吗？可它居然掉了！没了！飞走了！西蒙先生在我房间捡到它时，不是还劝我把它藏起来吗？我却没听他的话。这是我的错！

我仔细想了一想，肯定是在跳舞的时候把它弄丢的……

假如是这样，即使有人捡到了，我也不可能去要回来：在凡尔赛，一枚路德玫瑰，就是新教的标志……后果绝对是不堪设想的！更不要说人们会对我产生重大的怀疑……

无论我怎么思考，这个问题都毫无解决之道……也正因如此，我才这样难过，这样悲伤……

唯一小小的安慰却是：我的名字首字母S.B……就算他们想破脑袋，也未必能猜得出是我。我的第一个名字至少在当前的形势下，起到了一点作用：保护我。

8月1日　星期三

刚刚经历的一切让我的血都冰凉了。我很犹豫要不要写出来，因为我刚刚才知道我被人盯梢了。更糟的是，我的秘密暴露了……

我写得很慢，因为手在颤抖，脑袋里嗡嗡直响。但是我还是想坚持把事情写出来，哪怕用这种蜗牛般的速度也无妨。慢慢地，我平静下来了，终于可以理清思绪，好好回想一下刚才的经历。

今天早晨，我睡眼惺忪，急匆匆地要出门，因为昨天夫人要我去陪莉兹洛特。我匆匆整理了一下衣衫，拍拍脸蛋以显得精神一点，还把我的（不对，是西蒙先生的)《圣经》装进了大衣的内袋里……我犹豫了一下,但是一想到可以在花园里远离众人目光的地方度过悠长的时光,我还是决定带上它。

我大步大步地走,用最快的速度穿过了走廊。在楼梯口处,我心中掠过一丝不安,于是停下脚步,想看看书还在不在。我拍了拍左口袋,又拍了拍右口袋……没了,什么都没了!《圣经》不见了!我的心在胸膛内怦怦直跳,腿直发软。我转身沿路返回……我惊呆了:一个一身黑衣、只看得到背面的男子,正在翻着我的书,紧接着故意将它扔下,跑步离开了……他在干什么?他要干什么?我简直要昏过去了……毫无疑问,他在跟踪我……有人在监视我!

我紧紧靠在墙上,想缓缓神。接着,我弯下腰,捡起书。就是我的那本。我额头上渗出一排冷汗。这是什么样的厄运啊!对我来说,路德玫瑰的遗失已经是无法弥补的损失了,然而西蒙先生的《圣经》也几乎同样重要。扉页上还写着他的名字。除了我,他也被暴露了!事情严重了!

我的喉咙一阵阵发紧,只好去找莉兹洛特,即便与她在一起，我依然惶恐不安。之后，我手心冒着汗，心如死灰地朝药房走去。我必须将此事告诉西蒙先生！

"我们的师傅去马尔勒了，小姐！"一个学徒跟我说，"我们还不知道他什么时候回来……"

我长长地舒了口气。但紧接着又是一阵焦虑袭来。这不是长久之计。我迟早得告诉我的朋友。

星期六　8月4日

我把一切都告诉了西蒙先生。他平静地听我讲完。为了不让我太难过，他告诉我说，宫廷里的人都知道他家庭的新教背景。但他承认，在这段时间又将这件事翻出来是非常不利的。我感觉到他深深的不安，只是面对慌乱的我，他不想表现出来而已。

"您必须要加倍谨慎才行，安吉丽科！非得这样！"

他走近我，神情几乎在哀求了……

"我不知道是谁对您这么感兴趣，但您最好听从以下建议：关好您的门，房间里什么都不要留，把《圣经》还回来。它还是留在这里最安全。只要您愿意，晚上随时可以过来翻阅。如今的日子，对于我们这些人——新教徒来说，一天比一天难过了……我们必须要保持警惕！"

通过记录西蒙先生的话，我才明白过来他已将我视作他的教友了："我们这些人——新教徒"。没错，的确如此，我承认这个事实，我宣布自己是新教徒！

8月8日　星期三

恐惧噬咬着我的胃，走廊里稍有声响就吓得我心惊肉跳。我用颤抖的手把日记从隐蔽的地方拿了出来，费了好大力气才决定动笔。刚才我打开《圣经》，一页一页翻阅着，尽管我现在是在西蒙先生的药房……焦虑几乎让我全身动弹不得。尤其当我想起那个对我和我的书感兴趣的人。他是间谍吗？夫人常常告诉我，王宫里密布间谍。他会不会是受雇于德·曼特侬夫人的一个男仆，或是一名"蓝衣男孩"呢？再或者他是一个阴谋家，目的是找先生算帐，并想方设法设下圈套陷害夫人？我要疯了，我什么都不知道！

我头昏脑涨，心中越来越不安……

9月20日　星期四

好开心啊！停笔好多天，我终于可以重拾日记本了……为了写日记我付出了巨大的代价，但它可以排解我的恐惧，我全身都快被恐惧榨干了。但是现在，我感觉好一些了，尽管形势已经坏到巅峰。人们每天都在阅读和评论胜利的公报，仿佛我们正在与"新教的政权"（无形却异常强大）作战一样，还必须鼓掌，欢呼雀跃！一个星期以前，他们大声宣布说，波尔多地区的胡格诺派教徒已经在几天前全部转变信仰；接下来轮到卡斯特尔，之后是尼姆、于泽斯、里昂，以及最大的胜利，普瓦图，整个一个省……

西蒙先生义愤填膺，怒气难平。他很久之前就明白了这其中的阴谋。在他看来，国王利用了最简单的逻辑和最厚颜无耻的道理：假如这个国家都没有新教徒了，那为什么还要继续施行两教并存的政策呢？让我们取消新教吧！

9月25日　星期二

今天晚上我不想长篇大论了：我的房间刚刚被人翻过了！傍晚之前，我发现房间里面乱七八糟……我甚至不敢告诉朵琳娜……值得庆幸的是，我藏起来的东西没有被发现……

西蒙先生在他的药房里热情地接纳了我，这让我备感安慰，因为我暂时不想住在自己的房间。我怎么可能明明知道自己的东西被不怀好意的手翻搅过，还能若无其事地平静入睡呢？我后脊背一阵阵发冷，喉咙发紧。我好害怕！

10月4日　星期四

西蒙先生对我无比慷慨：把他药房的小角落收

拾得尽可能的温馨，好让我安然入睡。他铺了一大条草褥，把这本日记和《圣经》摆在一张小桌子上，并在白天的时候将它们小心翼翼地藏起来。此时，比起写日记，我更喜欢沉浸在圣书的阅读之中。因为在这里，我随时处于警觉状态，尽管有药剂师先生的安慰，一点点响动都会令我不安……我无法尽情地书写：因为我太紧张了。

10月12日　星期五

就在刚才，几周以来折磨我的那个人终于浮出水面了，但是我的恐惧丝毫没有消退……他就是查理·德·蒙莫兰！我当初要是没把他拉上岸就好了！没错，我就是这么想的。他到底何时才能停止对我的骚扰？我气愤难当的同时，又不由得颤抖。他的神情是那样的邪恶，所以这绝对不是追求者遭到拒绝恼羞成怒的报复行为。他在为某人效力。我敢肯定！但某人究竟是谁呢？

今天晚上，当我重新回到自己房间时，天色太暗，周围一片模糊。刚打开房门，就看到一个幽灵一般的黑影窜了出来。他把我狠狠地撞到一边，和我对视了一眼，就消失了。而房间里面，衣柜的抽屉大开，写字台上的物品散乱地摊开，床也乱得不成样子。他到底在找什么？虽然坏人的面目已被识破，但是我感觉情况似乎比以前更糟。焦虑一波又一波地袭来，几乎将我吞噬。我要怎样才能逃脱？

10月16日 星期二

西蒙先生打听到一个重大的机密：那部著名的筹备当中的法令写好了。至于它何时被国王签署，就只是时间问题了，因为国王几天前去了枫丹白露，尚未返回。

只需看看我朋友脸上凝重的神色就知道这绝对不是什么好事。至于究竟会糟成怎样，我无从得知。

10月18日　星期四

今天人们只谈论一件事：法兰西王国从此没有了新教！国王刚刚做出这个决定，同时将他的祖辈好国王亨利四世的伟大成就碾得粉碎。南特敕令不复存在。它被撤销了。"这意味着什么呢？"我问西蒙先生。

"这意味着，那些想要保持新教信仰的人，将要遭受巨大的不幸！因为他们将失去一切权利，耶稣教堂、祭礼、集会，一切的一切！"他一边说着，一边在王子庭院里踱来踱去。他脸色如此苍白，看起来好吓人。

19点

我在自己的房间里快速地写下这几行字。这也许是我在这里的最后一次。几个小时以后，天亮之前，我将和西蒙先生秘密地离开凡尔赛。一辆马车在等着我们。是他建议,让我和他一起去蒙彼利埃,与他的家人在那里会合。

"我的家人正处在危险当中,而我,已经不能再忍受国王的无耻行径了。我要陪在家人身边,而不是迫害他们的人身边!"他握紧拳头,这样宣布道。

事已至此。太多的想法在我脑中翻涌,以至于我连一个想法都无法表述清楚。一想到那些被我抛下的人,我的心就隐隐作痛:朵琳娜(为了不让她察觉,我尽量轻手轻脚)、亨莉叶特,还有最重要的人:夫人。我相信她会理解我的……

永别了,我的房间。永别了,凡尔赛。

尾　声

1686年3月30日

真是奇迹！此时此刻我居然能够手持这本日记，在那命中注定的一天：1685年10月18日之后继续书写。我简直不敢相信……几个月以前写下这一篇篇日记的人，现在居然可以翻阅前文并写下新的一篇。

自从离开凡尔赛之后，我经历了太多的动荡。正因如此，我才来到现在居住的地方：美因河畔的法兰克福，德国。

自打从王宫逃出来的那天起，我所经历的一切事件都深深地印刻在我脑海中，就仿佛发生在昨天……

纵穿法兰西王国的长途跋涉，长得仿佛没有尽头，并且让我们惊心动魄，西蒙先生和我无时无刻不在戒备状态中。路上满是泥泞，非常不安全，还要随时准备好意外的降临：马车的车辙完全偏驶，或者遇上坏人。我小心地把日记本藏在衬衣下面：它的存在让我感觉温暖和安心。从一个宿营地到下一个宿营地，从一个黑店到另一个黑店，终于，我们来到了离蒙彼利埃不远的西蒙先生家所在的村庄附近。踩在朗格多克的土地上，我们大口大口地呼吸。我至今还记得那感觉：温热的空气中承满各种芬芳的香气！

晚上，我们整整步行了一古里①路才到达村庄，但没引起任何人的注意。我们的运气真不错！靠近弗洛纳克的时候，我们似乎听到大声训斥的声音，接着是冲破夜空的越来越高的哭喊声……

我们藏在一个破谷仓内，目睹了一幕我至今难以忘却的场景……醉醺醺的龙骑兵，面貌凶恶，手持可怕的刺刀，在中心广场周围的民房进进出出。

---

① 法国古里，路程单位，1古里约合4公里。——译者注

"我们要喝酒！胡格诺们，千万不要让龙骑兵口渴！"他们一边叫着，一边踉踉跄跄地走着。

他们的脸被巨大的火光映得通红，随着他们把从各家各户的床垫、干草垛里面以及地板下面搜查出的一本本《圣经》、《圣诗集》扔进火堆，火光越发蔓延开来。不远处，胡格诺派教徒被一圈士兵围在中间，一个接一个地在发誓弃绝书上签字，同时高声呼喊着："我回归了！"其实他们是在宣布自己灵魂的死亡。

西蒙先生坐不住了。他看到了一张脸，好像是他的一个亲人……但他又多么希望自己看错了。

第二天，龙骑兵撤营了，他终于可以回家了。我们一起挤在他年迈的姨妈家里，尽情诉说着南特敕令撤销以来所经历的暴风骤雨。到处都在拆毁耶稣教堂，迫害新教徒，将他们抓捕入狱或发配苦役。我尽自己所能帮帮手：协助西蒙先生将其所学医药知识付诸实践，让这些不幸的人减轻痛苦。

接下来，我们去阿莱斯参加了一场秘密集会……那是怎样的激情啊！我现在想起来都还颤抖。我们走了整整一个晚上，赶在黎明前到达那个机密的地点。在无比热烈的气氛中，来自本地区的好几百人聚集在一起，一位牧师朗诵了《旧约》的几段节选，我们大家一起唱了圣诗……当我的目光与一位头戴风帽的妇人相遇时，我几乎当场昏厥。我努力不让自己的思想陷入混乱。可是我的视线模糊了，双腿发软……我结结巴巴地吐出两个字："教……教……教母。"

是她，她只离我两步之遥："教母！"我趁自己瘫倒之前大声地喊了出来。片刻之后，我睁开双眼，看到那张布满皱纹的消瘦的脸在向我靠近。教母！的确是她，她将我紧紧地拥在怀中！

我泪如雨下，整张脸都被浸湿了，我感觉自己的泪水永远都流不完了。

当集会的人群散去之后，我花了好久时间才恢复了一些体力。几天之后，她来弗洛纳克接我，将我安置在了马斯·圣朱斯特，和她一起住在这块她叔父留给她的土地上。在那几个星期里，我又开始重新学习如何在她身边生活。她向我解释了她久未露面的原因。她说，宗教迫害的白色恐怖促使她离开了凡尔赛，并让她脱胎换骨，甚至转投了新教，她开始一步步为可怜的受害者提供帮助。然后，她又告诉我，她写给我的信都没能寄到，很可能是被朗格多克的总督或是国王的书信检查处拦截了。

与其他成千上万的胡格诺派教徒一样，我们走上流亡之路，心里明白这已经有悖于法律了。在逃亡的路上，我们得益于一名值得信任的向导的帮助，在一些安全的地方歇歇脚：普里瓦、里昂、日内瓦……尽管我们花大价钱买通的国界线守卫曾威胁要揭发我们，我们还是在几周之前安全地抵达了这里，此时的天气冷得石头都要冻裂了。

一个来自瓦伦西亚的胡格诺派教徒家庭收留了我们，他们是去年夏天搬到这里的。这座城市很古板，人也一样。可是我们很自由，每天阅读着神圣的《旧约》，我们的灵魂也变得更加强大。

最近天气转暖了。我从自己的窗口看出去，发现一棵樱桃树开花了。

我的上帝，这真是太美了！

想知道更多

1685年：太阳王光芒万丈

在这极其讲究奢华排场的一年当中，凡尔赛宫举办的节日和娱乐活动前所未有的多，令人目眩神迷，路易十四的统治也在此时达到了巅峰。

他的王国从来没有如此强大过。法兰西因拥有两千万居民而一举成为欧洲人口最多，资源最丰富的大国。他忠诚而尽责的大臣们，例如科尔贝尔，奠定了现代经济的基础。国家财政在被重新整合后，运行状况更为良好。通过呢绒、挂毯、玻璃和武器等加工制造业的兴起，工业经历了第一次繁荣。商业也因海军的发展和大西洋各个港口的兴盛而获利。

在取得了两次战争——弗朗德尔归属之战（1667—1668）和荷兰战争（1672—1678）——的胜利之后，国王坐稳了江山，他还兼并了东边的弗朗什-孔泰，以及北部和东北部的一系列小地方，并由沃班领衔的一队专业工程师建造了堡垒，加强了守护，打造了坚固的国界线。

1685年，路易十四47岁，年富力强，大权在握，充分行使着国王的职责。他决定一切，且毫无回旋余地，参议员和总督们以他的名义管理着外省的日常生活。

凡尔赛宫象征着他的强大的权力。从1661年开始，为了使它更美丽更雄伟，对它的扩建就没有停止过，并由一批当时最有才华的建筑师、设计师精心打造。1682年，太阳王路易十四将法兰西宫廷迁往凡尔赛宫，在这个金碧辉煌的王宫里有艺术家，有文人，有贵族。为了让这些人全部臣服于他，且捻灭所有反抗的思想，君王赐予他们特权、俸禄和职位。他为他们送上舞会、音乐会和戏剧，目的是将其束缚在宫廷生活中，成为热衷享乐的奴仆，失去了他们作为地方长官的权力，力量在不知不觉中就被削弱了。

整个欧洲的目光都被这个奢华的宫廷所吸引。各国的大使争先恐后地前来拜倒于路易十四的脚下。法兰西的文化和它所传达出的生活的艺术，逐渐成为一种示范。

然而，1685年的辉煌背后也隐藏着阴影。慢慢地，这些阴影遮住了统治的光彩，使其染上污点，陷入风雨飘摇的困难时期。这一年，路易十四以"一个国王，一部法律，一个信仰"的原则为由，废除了南特敕令，严禁人们信仰新教。他的行为非但没有让王国内部团结起来，还给自己树立了一股真正的宗教反对力量。成千上万的新教徒走上流亡之路，被他们一起带走的，还有财富、知识和技术。从1686年开始，战争一触即发。不久之后，结成同盟的邻国引发了两场冲突（奥格斯堡同盟战争和西班牙王位继承战争），再加上1693年至1694年和1709年至1710年的两次大饥荒的影响，国库彻底空虚了。

而在凡尔赛，宫廷生活十分乏味。德·曼特侬夫人，从1683年起她就是国王的秘密妻子，制造了一种严酷的虔诚信教的氛围。国王日渐老去，备受病痛折磨，而王室家族的大部分成员都先他死去，包括他的儿子和孙子，他因此萎靡不振。太阳王的光辉一点一点消逝……当他于1715年离世时，几乎没有人为他掉泪。但在他身后，却留下了一个强大而现代的王国享誉世界。

大事年表

1643年5月14日：路易十三辞世，他的儿子路易十四继承王位。

1661年3月9日：红衣主教马萨林去世。第二天，国王宣告他独自执政的决心。

1671年11月16日：国王的兄弟菲利普·德·奥尔良与帕拉蒂纳王储之女夏洛特·伊丽莎白大婚。

1661年—1685年：一项针对新教徒的限制性政策开始施行。

1667年—1668年：归属战争。

1668年—1684年：勒沃，阿尔杜安-芒萨尔和德·奥尔贝领导展开凡尔赛城堡的扩建工程。

1681年：普瓦图总督路易·德·马里亚克派出第一批龙骑兵。

1682年5月6日：国王及其宫廷正式定居凡尔赛。

1683年7月30日：王后玛丽-泰蕾兹去世。

1683年10月9日-10日：国王与德·曼特侬夫

人秘密成婚。

1685 年 5 月 15 日：凡尔赛接待热那亚执政官。

1685 年 10 月 8 日：枫丹白露敕令的签署使得从 1598 年开始实行的南特敕令被撤销。

1689 年—1697 年：奥格斯堡同盟战争。

1693 年—1694 年：饥荒。

1701 年—1713 年：西班牙王位继承之战。

1701 年 6 月 9 日：菲利普·德·奥尔良去世。

1702 年—1704 年：卡米扎尔战争，即赛文山脉地区的新教徒发动的战争。

1709 年—1710 年：饥荒。

1715 年 9 月 1 日：路易十四离世。他年仅五岁的曾孙路易十五继位。